Ilona Einwohlt · Christina Arras

Schmetterlingsflügel für dich

Das Coachingbuch für starke und selbstbewusste Mädchen

Bücher von Ilona Einwohlt im Arena Verlag:

Erdbeersommer
Erdbeersommer. Unterm Sternenhimmel
Erdbeersommer. Galopp in die Freiheit

Mädchenratgeber aus der *Sina-Reihe:*
Mein Pickel und ich
Die Schule und ich
Die Jungs und ich
Meine Clique und ich
Mein Schutzengel und ich
Das Model und ich
Die Welt und ich
Die Liebe und ich
Meine Ökokrise und ich
Mein Knutschfleck und ich

In der Reihe *Zettelkram und Kopfsalat – Felis Überlebenstipps:*
Neue Schule, neues Glück!
Freundschaftskribbeln im Bauch
Familienkrach und Herzenstrost

In der Reihe *Alicia*:
Unverhofft nervt oft!
Wer zuerst küsst, küsst am besten!
Liebe gut, alles gut!

Drillingsküsse. Wen lieb ich und wenn ja, wie viele?
Eine Freundin ist besser als gar keine Schwester

Nonstop online. Grenzenlos digital unterwegs

Ilona Einwohlt + Christina Arras

Schmetterlingsflügel für dich

Das Coachingbuch für starke + selbstbewusste Mädchen

Arena

Für Jil, Mira und Svenja

Die Ratschläge in diesem Buch sind von Autorinnen und Verlag sorgfältig erwogen und geprüft, dennoch kann keine Garantie übernommen werden. Eine Haftung der Autorinnen bzw. des Verlages und seiner Beauftragten für Personen-, Sach- und Vermögensschäden ist ausgeschlossen.

MIX
Papier aus verantwortungsvollen Quellen
FSC® C110508
www.fsc.org

1. aktualisierte Auflage im Arena-Taschenbuch 2018

Dieser Titel ist bereits in anderer Ausstattung beim Verlag erschienen

Gesamtgestaltung:
KCS GmbH Verlagsservice & Medienproduktion, Stelle/Hamburg
Umschlaggestaltung: Uta Krogmann
Gesamtherstellung: Westermann Druck Zwickau GmbH
ISSN 0518-4002
ISBN 978-3-401-51105-4

Besuche uns unter:
www.arena-verlag.de
www.twitter.com/arenaverlag
www.facebook.com/arenaverlagfans

Inhalt

STARTE DURCH!

Du denkst: „Meine Eltern nerven!", „Mein Lehrer zieht andere vor!", „Alle Jungs sind doof!" – Sorry, dann ist dieses Buch wohl nichts für dich … :-(Ciao, Tschüss, mach's gut … Während du dieses Buch getrost zurück ins Regal stellst, hörst du es leise sagen: „Besitze erst mal selbst das Problem, dann kann ich dich unterstützen, eine Lösung zu finden …"

Also, wenn du einverstanden bist zu sagen: „Ich möchte meinen Eltern klarmachen, dass ich meine Privatsphäre brauche" oder „Ich verlange, dass mein Lehrer mich fair behandelt" oder „Ich will den Jungs zeigen, was mit mir geht und was nicht", dann können wir gemeinsam loslegen! :-)

Klasse! Du hast schon gemerkt: In diesem Buch – das dich stark und selbstbewusst werden lassen kann – geht es erst mal darum, dich nicht als armes Opfer zu betrachten, sondern als **Gestalterin.** Wir können die Tipps für das Entfalten deiner Schmetterlingsflügel geben, losfliegen musst du selbst! Klar, du kannst nicht alles beeinflussen.

Wenn dich dein Lehrer anraunzt, dir ein Praktikum abgesagt wird oder deine Freundin hinter deinem Rücken über dich tratscht, ist das erst mal nicht zu ändern. Du bist empört, enttäuscht, traurig – das ist okay, aber nicht genug! Um dich wieder besser zu fühlen, kannst du lernen, mit solchen Situationen stark und selbstbewusst umzugehen. Nach dem Motto: **Ein Teil Schicksal, ein Teil du.** Dabei hilft dir unser Buch.

Im ersten Teil dreht sich alles um das, was unmittelbar mit dir und deinem Ich zu tun hat, kurz: um dein Selbst-bewusst-sein, deine Ausstrahlung, deine Körpersprache. Im zweiten Teil geht es darum, Entscheidungen treffen zu können, Ziele zu formulieren und sie zu

erreichen. Im dritten Teil findest du viele alltägliche Situationen (streiten, flirten, lernen, Zeit einteilen, mit Geld klarkommen, Lernen lernen, Referate halten …) und ebenso viele praktische Tipps dazu.
Was sich sehr einfach liest, braucht ein bisschen Engagement und Durchhaltevermögen von deiner Seite. Du findest in diesem Buch viele Übungen. Mache sie gemeinsam mit deiner Freundin. Oder, wenn du magst, mit deiner Mutter oder Schwester. Du wirst sehen, ihr könnt gegenseitig voneinander profitieren und euch danach gegenseitig auf die Schulter klopfen.

Also, mache dich startklar und flatter los – von Blüte zu Blüte, von Ziel zu Ziel!
Christina Arras & Ilona Einwohlt

In Kurzform:

Das machst du:
- neugierig sein
- Neues ausprobieren
- bis zum Ende durchhalten

Das bekommst du dafür:
- Erkenntnisse über dich und andere
- Ideen, wie du schwierige Situationen anpackst
- viel Spaß – garantiert!

„Achtung, jetzt komm ich!"

Wer bin ich? Was will ich? Ganz bestimmt hast du dich das schon oft gefragt und keine eindeutige Antwort gefunden. Weil sich derzeit jeder Tag anders anfühlt, dein Körper sich verändert, wächst und entwickelt und deine Seele da manchmal nicht mitkommt.

Es gibt Tage, an denen du die ganze Welt umarmen könntest – an anderen leidest du unter unglaublichem Weltschmerz. Manchmal dreht sich alles nur um dich und deine Schönheit, dann wieder geht es dir um die Probleme der ganzen Welt. Und dann sind da ja auch noch die anderen, deine Freundinnen, Clique, Eltern, Schule und Jungs, die ständig etwas von dir wollen: Es geht um deine Meinung zu Boygroups, Schminksachen und Tierversuchen, um deine Verpflichtungen gegenüber deiner Familie, um deine Noten, um deine Beziehungen und Gefühle. Kurzum: Zerreißproben, Gefühlschaos! Du hast eine Menge auszuhalten!

Sieh es doch mal so: Hieße sich entwickeln nur „einfach" körperlich wachsen, würden dir viele Erfahrungen fehlen (und du würdest als Zwanzigjährige noch mit dem Hirn der Zweijährigen rumlaufen :-)): Die Aufs und Abs sind gut, weil sich darin deine Entwicklung zu deiner eigenen Persönlichkeit zeigt, die sich entfalten und finden muss – das geht bei keinem Menschen schnell. Wichtig ist nur: Lass deine Seele mitkommen!

Im folgenden Kapitel dreht sich alles um dein „Ich". Es geht um deine Persönlichkeit, deine Ausstrahlung, dein Auftreten. Du lernst dich und deine Stärken kennen und schätzen. Und findest so manchen Schutzschild für schwierige Situationen.

ICH STRAHLE, ALSO BIN ICH

Kennst du das Gefühl? Auf einer Party betritt ein Mädchen den Raum, und obwohl sie gar nicht so durchgestylt ist und auch nicht supertoll aussieht, zieht sie alle Blicke auf sich. Irgendwas Faszinierendes hat sie an sich, vielleicht ist es die Art, wie sie den Kopf hält und interessiert umherschaut, vielleicht ist es ihre Armbewegung, wie sie jetzt nach einem Glas Coke greift, das jemand ihr hinhält, vielleicht ist es auch ihr Lächeln, mit dem sie sich jetzt freundlich bedankt. Kann sein, dass du findest: Was für eine arrogante Kuh! Kann aber auch sein, dass du total neidisch bist. Logisch: Eine tolle Ausstrahlung und ein starkes Selbstbewusstsein wünscht sich jede. Wer mit seinem ganzen Wesen den Partyraum füllt und die Aufmerksamkeit der Clique auf sich zieht, wird nicht übersehen oder übergangen, wenn es um das nächste Treffen im Lieblingscafé geht. Wie das für dich funktionieren kann, liest du auf den nächsten Seiten.

Lebe deinen Typ!

Du denkst: Wäre ich doch nur so wie die! Aber mal ehrlich, wärst du dann noch du? Würde das zu dir passen? Nicht jedes Mädchen muss eine auffallende Powerfrau sein. Wenn du dich von deinem Naturell her lieber im Hintergrund bewegst, ist das völlig in Ordnung – solange du dich dabei gut fühlst.

Also statt zu seufzen „So wäre ich auch gerne!" (Quatsch: Du bist genau du und nur du!), überlege dir, was dir an dem gefällt, was du bei anderen siehst, hörst, riechst, fühlst. Prüfe, was davon in dein typgemäßes Repertoire passt. Zum Beispiel könntest du sicher laut „Hallo" in die Runde sagen. Aber gleich allen ein Küsschen geben? No way! Oder Mini und Stiefel würden dir ganz ausgezeichnet stehen, aber du entscheidest klar: Das affige Haarteil brauche ich nicht, um aufzufallen. :-) Und: Wenn dir andere einreden, du solltest so sein wie eine andere, dann stell dich breitbeinig hin, pack die Hände in die Hüfte und denk dir: **„Nö. Ich bin genau ich und nur ich"** (und mache dich mit diesem Buch selber stark).

Pubertät ist, wenn sich jeder Tag anders anfühlt

*P-u-b-e-r-t-ä-t ist eine **p**icklige, **u**nzufriedene, **b**elämmerte, **e**igensinnige, **r**otznasige, **t**iefgründige, **ä**tzende, **t**obsüchtige Zeit. Oder eine **p**ausbackige, **u**nberechenbare, **b**ehütete, **e**rnste, **r**espektlose, **t**ieftraurige, **ä**rgerliche, **t**agträumende Zeit.*

Und du bist mitten darin! Suche dir aus diesen Sätzen die fünf heraus, die auf dich heute am stärksten zutreffen:

a) „Think pink, das Leben ist prima!"
b) „Die Party ist soooo sinnlos."
c) „Ozonloch und Co. Bald haben wir die Welt ruiniert!"
d) „Der Typ aus der 9a ist sooo süß ..."
e) „Ami go home, nein danke, keine Burger mehr für mich!"
f) „Schmatz. Ich hab die beste Freundin der Welt!"
g) „Schon wieder findet er meine Freundin besser, dabei nervt die voll mit ihrem Kätzchen-Selfie-Tick."
h) „Einfach himmlisch, in seinen Armen zu liegen."
i) „Traue keinem über dreißig – Lehrer sind alle mies."
j) „Pickel, Pickel, Pickel – wo ist der Sack für über den Kopf?"
k) „Wenn ich achtzehn bin, ziehe ich sofort aus."

Egal, ob du lieber im Mittelpunkt stehst oder lieber zurückhaltend bist. Finde heraus, wie du als extravertierter Mensch so auftrittst, dass du gesehen wirst und dabei nicht nervst. Finde heraus, wie du als introvertierter Mensch beeindruckende Spuren hinterlassen kannst und dabei nicht übersehen wirst.

l) „Politiker oder Firmenchefs – kannst doch eh keinem trauen."
m) „Tut einfach gut, wenn mich meine Eltern in den Arm nehmen."
n) „Nie ohne meine Kuscheltiere!"
o) „Pro Minute sterben elf Kinder auf der Welt an Hunger."
p) „Der ganze kommerzielle Wahn nervt total."
q) „Es geht nichts über Erdbeerbecher."
r) „Ich brauche unbedingt die neuen Sneaker."
s) „Wozu mach ich überhaupt Abi, ich krieg ja doch keinen Job."
t) „Ich werde mal einen sozialen Beruf ergreifen."
u) „Wo gibt's nur dieses Lipgloss?"
v) „Den Bio-Test schaff ich nicht."
w) „Ich will nicht zu diesem Tantengeburtstag."
x) „So tolle blonde Haare hätte ich auch gerne!"
y) „Das Leben ist schööööön!"
z) „Ich will den Pokal gewinnen."

Mache diese Übung am besten jedes Mal kurz zu Beginn deines „Trainings", also immer, wenn du in diesem Buch weiterliest. Du wirst sicher feststellen, dass jeder Tag stimmungsmäßig anders ist, und du wirst dich fragen: Bin das wirklich ich? Wie passt das zusammen? Im Verlauf deiner Entwicklung wird es irgendwann „passen" und du sagst dann: „Ja, das bin ich."

Gebrauchsanweisung für mich selbst

Stell dir vor, du wärst ein wertvolles Produkt, das jemand soeben erworben hat. Wie funktionierst du als Mensch, Tochter, Freundin, Schülerin? Schreibe eine möglichst treffende Gebrauchsanweisung für dich selbst! Wenn deine Freundin mitmacht und auch eine Gebrauchsanweisung schreibt, könnt ihr euch austauschen und viel über euch erfahren. Wenn du mutig bist, zeigst du deinen Eltern deine Gebrauchsanweisung und fragst sie nach ihrer!

Gebrauchsanweisung für ....

Ich kann besonders gut ....

Daher geht's mir am besten, wenn ....

Von mir besonders viel bekommen können andere: ....

Im Gegenzug brauche ich von anderen: ....

Ich streike, wenn ....

Ich stehe mir selbst im Weg, indem ich ....

Mir hilft dann am besten: ....

Wahre Schönheit ...

Sich in seinem Körper wohlzufühlen ist nicht immer einfach. Zu dick, zu dünn, zu lang, zu kurz – immer hast du was zu meckern. Hmmh. Warum? Sicher haben es gut aussehende und dynamische Menschen oft leichter im Leben und natürlich kommt es auch auf dein Aussehen an – alles andere zu behaupten wäre glatte Heuchelei. So weit die typische Frage und die Antwort darauf. Jetzt die untypische: Stell dir vor, über Nacht kommt eine Fee und zaubert dir Kleidergröße XS, natürlich inklusive einem tollen Busen. Woran würdest du nun merken, dass du glücklicher bist? Du weißt schon, wer schlank und rank ist, macht nicht automatisch eine gute Figur. Die meisten großen Menschen laufen schlaksig durch die Gegend, dürre Mädchen sehen aus wie Salzstangen und wirken unnahbar und zerbrechlich und die mit einem großen Busen haben meist Rückenschmerzen. UND: Schönheit ist immer eine subjektive Sache, und obwohl du dich jeden Morgen

Und welcher Typ bist du?

Die zwei Forscherinnen Isabel Briggs-Myers und Katherine Myers haben sich Unterschiede zwischen den Menschen angeschaut und untersucht, woher sie ihre Energie bekommen und in welchen Situationen sie aufblühen, in welchen nicht. Sie haben eine interessante Typologie aufgestellt, wonach es extravertierte und introvertierte Menschen gibt. Die extravertierten, nach außen orientierten, kriegen ihre Energie von anderen und suchen den Kick eher in der Außenwelt; sie suchen Action, stehen ständig unter Strom, sind immer auf der Suche nach Neuem. Sie sind **Sprechdenker** und meist die Ersten, die was zu sagen haben. Sie suchen Beziehungen und zeigen ihre Gefühle offen. Du findest sie spontan klasse und leicht kennenzulernen – aber vielleicht auch tierisch oberflächlich und laut.

Die Introvertierten dagegen beziehen ihre Kraft von innen, sie brauchen keinen Kick von außen. Mega-Party, Theater-AG, Shoppen in der Gruppe – alles Fehlanzeige. Sie schützen mit dem vernichtenden Satz „Das geht dich nichts an!“ ihre Privatsphäre, halten Gefühle zurück und teilen sie nur mit wenigen anderen; sie sind **Denkschweiger.** Du denkst „Puh, die ist nicht leicht kennenzulernen“, und wenn du sie dann kennst, sagst du: „Wow, die hat aber ganz schön Tiefgang.“ Glückwunsch, du gehörst zum kleinen Kreis derer, die ihn erleben dürfen. :-)

im Spiegel betrachtest, magst du dich an einem Tag mehr (weil du fröhlich lachst, weil du verliebt bist, dich auf eine Party freust :-)), am anderen Tag weniger (weil ein Pickel sprießt, weil du traurig bist, weil du Ärger in der Schule hast, weil du nicht auf die Fete darfst :-(). Aber du bist diesen Launen des Tages nicht hoffnungslos ausgeliefert, und auch wenn bestimmte Situationen unabänderlich sind – Pickel! Ausgehverbot! Keine Kohle! – du kannst das Beste daraus machen (remember: **ein Teil Schicksal, ein Teil du!)**.

… kommt von innen

Alte Weisheit: Wahre Schönheit kommt von innen. Deswegen heißt es auch Aus-Strahlung und nicht Außen-Schein. Mit einer positiven, selbstbewussten Ausstrahlung verbindest du Lächeln, Schlagfertigkeit, Humor … Aber woher nehmen? Ganz einfach: Du hast es schon! Das Wort „positiv" kommt nämlich vom Lateinischen „positum" und das bedeutet „das Gegebene, das Tatsächliche". Im Klartext heißt das, dass bei dir nur wirken kann, was dir gegeben ist (deine schönen Augen, dein süßes Lächeln, dein toller Humor …). Es ist etwas, was du schon (tatsächlich!) mitbringst, und nichts, was du anderswo suchen oder kopieren musst.

Deine große Aufgabe ist jetzt, das Gegebene auszubuddeln, oder anders gesagt: die verborgenen Schätze, die in dir ruhen, hervorzuzaubern. Das kann schnell gehen oder dauern – je nachdem, wie tief dein Selbst-bewusst-sein vergraben liegt unter den permanenten Vergleichen mit anderen, hohen Ansprüchen an dich und Selbstzweifeln an dir.

Stark mit Mantra

Mantra bedeutet eigentlich eine Wort- oder Silbenfolge, die eine religiös mystische Bedeutung hat. Das Mantra wird bei der Meditation gesagt, gesummt, gedacht und hilft, die Konzentration zu vertiefen, um ganz zu sich selbst zu kommen. Das höchste Mantra ist OM, es bedeutet „Alles, was existiert" und meint die Unendlichkeit und Ewigkeit. Mehr von dieser Welt und doch eng verwandt mit dem Mantra ist die sogenannte Affirmation (affirmo = befestigen, bekräftigen). Hier wiederholst du positiv formulierte Ziele so oft, bis sie dein Unterbewusstes neu programmiert haben, zum Beispiel „Ich bin stark". Dabei ist es wichtig, diesen Satz in der Gegenwartsform zu formulieren, nicht in der Zukunftsform („Ich werde stark sein"). **Dein Unterbewusstes steckt Kraft in die Gegenwart, es kennt keine Zukunft!**

„Ich bin gut"– entwickle dein eigenes Mantra

Finde für dich gute Gedanken, die dich innerlich stärken. Wie wäre es mit „Ich bin interessant und es ist eine Freude, mich zu kennen" oder „Ich habe viel zu sagen"? Diese positiven inneren Glaubenssätze arbeiten wie ein Anti-Viren-Programm im Hintergrund: Sie lassen die nagenden Selbstzweifel einfach nicht an dich ran. Und sie helfen dir, schwierige Situationen zu überstehen. Es schadet nichts, dein Mantra morgens erst zehnmal vor dich hin zu sagen! Am besten machst du das entspannt im Bett, bevor du aufstehst. Dann bist du fit für den Tag!

Dein Name, dein Programm

Finde für jeden Buchstaben deines Namens ein positives Wort, das dich beschreibt:

***LEONIE** – das bin ich:*

***L**ustig*
***E**hrlich*
***O**rdentlich*
***N**eugierig*
***I**ntelligent*
***E**ngagiert*

Macht diese Übung zu zweit oder zu dritt. Jede findet zunächst für sich Wörter für den eigenen Namen und für die Namen der anderen. Tauscht euch dann aus. Schaut euch die Gemeinsamkeiten und die Unterschiede an. Was beschreibt dich besser? Hast du unbekannte Stärken erfahren, die deine Freundin bei dir sieht? Nimm sie in dein eigenes Mantra auf.

Hast du einen Spitznamen, den du magst? Los geht's, probier auch die Buchstaben des Spitznamens aus. Du findest sicher noch einige ungeahnte Stärken darin!

Dein Name – dein Satz

Baue dir aus den Buchstaben deines Namens einen stärkenden Satz, zum Beispiel

***CHRISSI** – **C**reatives **H**irn? **R**ichtig. **I**ch **S**ehe **S**tets **I**nteressantes!*

Wie lautet dein Programm? Wie lautet dein Satz?

....

....

Den inneren Spiegel auf die Stärken ausrichten

Spieglein, Spieglein an der Wand, gehöre ich zu den Schönen in diesem Land? Es ist verrückt, da schaut immer die gleiche Person in den Spiegel, sei es ein echter oder dein innerer Spiegel. Doch am einen Tag sieht sie die süße Stupsnase, das Gespür für gute Klamotten, den intelligenten, offenen Blick. Und am anderen Tag sieht sie den dicken Pickel am Kinn, die Unfähigkeit, sich diese Vokabeln zu merken, die Blödheit, das wichtige Date zu verpatzen.

An welchem Tag erreichst du wohl eher, was du willst? An einem Tag, an dem du dir bewusst deine guten Seiten und Stärken in Erinnerung rufst? Oder an einem, an dem du gemachte Fehler oder vorübergehende Phänomene gleich als „ewige" Unzulänglichkeiten betrachtest? **Dich gibt es nur einmal, ein einziges Mal, auf der Welt.** (Anderes Spermium trifft andere Eizelle und du, so wie du bist, wärst nicht da! :-).) Daher gibt es in Bezug auf dich kein Richtig oder Falsch, keinen objektiven Maßstab, wie du sein sollst. Wie du bist und was du tust, muss subjektiv das Richtige für dich sein, sich für dich gut anfühlen und zu dir passen.

Es mag ja objektiv so sein, dass deine Haut schon mal reiner war, dass Spanisch nicht deine Stärke ist und dass andere in Sachen Verabredungen mehr Übung haben. Aber: **Es ist subjektiv nicht hilfreich, ständig auf das zu sehen, was du nicht kannst.** Was meinst du: Wie gut kann jemand schwimmen, der sich ständig sagt: „Beim letzten Mal hab ich aber Wasser geschluckt"? Wie romantisch gestaltest du das Date mit deiner neuen Flamme, wenn du ständig daran denkst, wie du ihm beim letzten Mal die Coke über die neue Jeans gekippt hast? Denke mehr an das, was du an dir magst: Richte deinen inneren Spiegel auf diese Stärken aus und glaube dem, was du dort siehst!

Grinsekatze

Wer lacht, hat mehr vom Leben. Denn Lachen setzt jede Menge Glückshormone frei, die dich beflügeln, dich gut aussehen lassen und dir eine positive Ausstrahlung verleihen. Außerdem kriegt dein Gehirn mehr Sauerstoff, du wirst fitter und stärkst nebenbei deine Abwehrkräfte.

Jetzt solltest du jedoch nicht wie die freundliche Zahnarztfrau aus der Werbung permanent grinsend durch die Gegend laufen. Aber probiere mal aus, was passiert, wenn du einfach einer wildfremden Omi auf der

Das magische Wort „noch"

Und trotzdem gibt es Tage, an denen sich deine persönlichen Schwächen wie nervige Jungs am Kiosk in den Vordergrund drängeln und der innere Spiegel partout keine Stärke zeigen will. An diesen Tagen hilft dir das magische Wort „noch". Alles, was du tun musst, ist, die absoluten, negativen Sätze einfach umzuformulieren!

Statt „Ich kann nicht gut tanzen" sage mal: „Ich kann ***noch*** *nicht gut tanzen und ich …*

… werde nächsten Monat einen Kurs besuchen."

… werde Jil fragen, ob sie mir ein paar Schritte beibringt."

… werde das anpacken, nachdem ich wichtigere Dinge erledigt habe."

Durch das Wort „noch" hast du die Sache unter deiner Kontrolle (remember: nicht „Opfer", sondern „Gestalterin"). Du kannst die Sache sehen, wie sie ist, und überlegen, was du tun kannst, damit sie sich ändert. Wie lauten deine Top 3 der absoluten, negativen und wenig hilfreichen Sätze über dich?

Straße zulächelst! – Genau, sie lächelt zurück, du fühlst dich gut **und dein Tag hat wieder eine Leuchtkugel mehr.** Oder lächle dir im Spiegel zu, wo immer sich die Gelegenheit dazu bietet, beim Händewaschen, im Schaufenster, in der Umkleidekabine. Du wirst feststellen, dass diese aufmunternde Geste dich richtig beflügelt – auch wenn es sich um einen dieser blöden Tage handelt, an dem du den Überblick über deine Pickel verloren hast (remember: Kein Pickel hält ewig!). Denn zum Lächeln musst du nicht perfekt aussehen. Einziges Must: saubere Zähne, also ab und zu mal unauffällig kontrollieren!

Schreibe sie auf.

1. ....

2. ....

3. ....

Streiche sie fett durch. Schreibe jeden Satz noch mal mit dem Wort „noch" darin und beende jeden Satz mit „und ich …"

1. ....

2. ....

3. ....

Jetzt überlege, wie die Sätze weitergehen könnten. Schreibe jeweils drei Möglichkeiten auf. Welche gefällt dir am besten? Was brauchst du, um diese Möglichkeit umzusetzen? Du weißt, wie du dich motivieren kannst, das zu tun, was du dir vorgenommen hast? Go for it!
Falls du mehr Klarheit und kleine Helfer brauchst, um dich zu motivieren, schau mal im Kapitel II nach.

„Weil ich lächle, bin ich glücklich"

Du denkst: stopp, falsch! Das ist umgekehrt! Es muss doch heißen „Weil ich glücklich bin, lächle ich", schließlich bewirkt die Einstellung das Verhalten. Interessanterweise ist die umgekehrte Wirkung des Verhaltens auf die Einstellung viel größer. Diese Erkenntnis ist als „Selbstwahrnehmungstheorie" bekannt. Also: „Ich lächle, also bin ich glücklich (und zufrieden mit mir)".
Der Glücksforscher David Myers sagt: „Going through the motions triggers the emotions", und meint damit genau das: **Den Mund zum Lächeln bringen, macht gute Laune – egal, ob es ein echtes Lächeln ist oder nicht.**

Angeberin!

Ständig dieses Rumgeprotze, diese Besserwisserei. Dieses Verhalten kennst du eher von Jungs und findest es wahrscheinlich blöd und denkst: Die benehmen sich wie im Sandkasten nach dem Motto: „Meine Schaufel ist aber viel größer als deine".

Selbstbewusst ist eins, angeben ist was anderes. Woran merkst du den Unterschied? Wenn wir uns von anderen Menschen ein Bild machen, dann **werden nur 7 % von dem bestimmt, was dieser Mensch gesagt hat, 38 %, wie er es gesagt hat, und das meiste, 55 %, wird von seiner Körpersprache bestimmt.** Also, schau mal bei der schlimmsten Angebertussi genau hin: Wahrscheinlich blickt sie dir nicht in die Augen, sondern über dich hinweg oder durch dich hindurch, als wärst du Luft. Den Kopf hält sie sicher schief so nach hinten gekippt, dass du den freien Blick in ihre Nasenlöcher hast (wie toll musst du jemanden finden, dem du in die Nase schauen sollst? :-)). Und nun hör mal auf eine neue Art zu: Wenn sie spricht („Ich bin, ich habe, ich weiß – Mein

Bike, mein Freund, mein Smartphone …), betont sie sicher „ich“ und „mein“ und legt damit den Schwerpunkt auf sich und nicht die Sache, die sie erzählt. Auf einen Satz von ihr wie „Aha, verstehe, was du meinst …“ oder „Klasse, wie du das geschafft hast!“ wartest du sicher, bis du alt und grau bist. Am besten verlierst du schnell die Ehrfurcht (Nasenlöcher!) und konzentrierst dich auf dich selbst (und im Hinterkopf kannst du dir die Angebertussi immer allein mit einer großen Schaufel im Sandkasten vorstellen :-)).

Lucky Girl-Box

Gegen schlechte Laune hilft entweder die Decke über den Kopf ziehen oder eine Gute-Laune-Box, die du dir ganz easy selbst basteln kannst. Suche dir einen Schuhkarton und bemale oder beklebe ihn in den Gute-Laune-Farben Pink, Rot, Gelb, Orange. Dann sammelst du darin von heute an all die Dinge, die dich spontan zum Lachen bringen oder die dir guttun. Das können sein:

- dein Lieblings-Witz
- Schokolade oder Gummibärchen
- ein Foto von deinem Traumstrand
- das ulkige Fotoautomatenbild von deiner besten Freundin und dir
- dein Mantra (siehe S. 15)
- etwas, worauf du stolz bist
- der netteste Brief, den du je bekommen hast
- ein Dankeschön von jemandem, der dir etwas bedeutet …

Blöde Nuss oder selbstbewusst?

Du erinnerst dich: 38 % unseres Eindrucks werden vom Ton des anderen bestimmt. Angeber kannst du am Ton erkennen, nette Menschen auch. Lies die folgenden Sätze mit deiner Freundin abwechselnd in dem Stil, den der Name andeutet, also „Lara Laut" heißt, den Spruch richtig schallend laut vortragen usw.:

Clique 1:

Lara Laut: *„Hey Leute, heute feiert der süße Sven in der Schillerschule."*

Emma Eingebildet: *„Ich bin dabei!"*

Svenja Sarkasmus: *„Da freu ich mich, dann wird das ja 'ne geile Party."*

Kira Kreisch: *„Ja, los zum Schminktisch und rein in den besten Look."*

Clique 2:

Nana Natürlich: *„Hey Leute, heute feiert der süße Sven in der Schillerschule."*

Bea Begeistert: *„Ich bin dabei!"*

Ella Ehrlich: *„Da freu ich mich, dann wird das ja 'ne geile Party."*

Lola Locker: *„Ju, los zum Schminktisch und rein in den besten Look."*

Welche Clique findet ihr sympathischer? Welche ist für die Jungs interessanter?

Achtung, verletzlicher Engel!

Mädchen, die offen und sensibel durch die Welt gehen, sehen viel. Oft schöne Dinge, manchmal aber auch viele Probleme. Wenn du zu denen gehörst, die stets ein offenes Ohr für die Sorgen ihrer Freundinnen haben, kennst du sicher auch das Gefühl, dass dir das manchmal alles zu viel wird. Während andere sich ihren Frust von der Seele quatschen und sich danach besser fühlen, bist du vollgestopft mit den Sorgen der Welt. Sind die Probleme der anderen zu groß (Drogen, Scheidung der Eltern oder psychische Probleme), weißt du dann selbst nicht mehr, wie du damit klarkommen sollst. In solchen Situationen rede mit anderen über das Problem oder suche professionelle Hilfe für die Betroffene, was in schweren Fällen immer ratsam ist. Damit hast du zwei wichtige Dinge getan: Du hast dich gekümmert und du hast Verantwortung abgegeben für etwas, das du nicht selbst leisten kannst. **Es ist wichtig, zu wissen – und zu lernen! –, wann du nicht verantwortlich für die Probleme anderer bist.** Klar darfst du deiner Freundin helfen (zuhören, trösten, Hilfe suchen). Aber das Problem lösen muss sie ganz allein (remember: Nur wer das Problem besitzt, kann es auch lösen). Manche Menschen zelebrieren sich geradezu in ihrem Leiden und wollen in Wirklichkeit gar keine Lösung für ihre Schwierigkeiten – und dir verderben sie damit den Tag, machen dir ein schlechtes Gewissen und noch viel mehr. Manche lassen ihre Wut oder ihren Frust einfach so an dir aus: Ob der schlecht gelaunte Busfahrer dir die Tür vor deiner Nase zumacht oder deine Schwester einen Schuldigen für das Loch in ihrem Lieblingsmini sucht – entwickle ein gesundes Maß an Egoismus und lass das Problem bei den anderen!

Beflügler und Energieräuber

Es gibt Menschen, die siehst du kurz und nimmst aus der Begegnung mit ihnen echt viel mit. Sie zeigen Humor, der nicht auf Kosten anderer geht, finden Lösungen für Probleme und packen die Dinge an. Du merkst im Gespräch, dass du dem anderen etwas von deinen Gedanken gibst und von ihm oder ihr für dich selbst neue Gedanken mitnimmst. Diese Menschen sind wahre Beflügler und es ist ein Segen, sie zu kennen, denn sie bringen dich wirklich weiter, sei es in deiner Persönlichkeit oder in deiner Ausbildung. **Sorge aktiv dafür, dass**

du deine Beflügler häufiger triffst, sie finden sich an vielen Orten: eine dich motivierende Lehrerin, die Mutter einer Freundin, die sich für dich als Mensch interessiert, der nette Kollege im Ferienjob, von dem du viel lernst. Um mehr Beflügelung zu bekommen,

- … sage ihnen, dass es dir Spaß macht, sie zu sehen.
- … erzähle ihnen auch, was du aus den Treffen mitnimmst.
- … achte auf das, was du im Gegenzug gibst.
- … ergreife die Initiative: Lade ein, rufe an, frage nach.

Denk daran: Beflügeln funktioniert nur gegenseitig. Beide nehmen, beide geben etwas. Wer von einem Beflügler nur nimmt, wird schnell zu dessen Energieräuber. Und wir raten dem Beflügler dann, sich die Tipps unten rechts durchzulesen :-).

Neben den Beflüglern gibt es auch Menschen, die wie Staubsauger deine Energie absaugen: Nach einem gemeinsamen Nachmittag bist du fix und fertig. Sie sprechen immer wieder von denselben Problemen; alles ist schwer, negativ, unlösbar. Sie können sich zu nichts aufraffen und sind ungehalten, wenn du ihnen Ideen nennst, wie sie ihre Probleme vielleicht anpacken sollten. Sie finden viele Gründe, warum die Lösungen nicht funktionieren, und halten nichts von kleinen Schritten. Wenn du mit ihnen zusammen bist, kommt es dir vor, als drehe sich der andere immer nur um sein Thema, und **du bist wie eine Theaterstatistin, die für die Aufführung des Stücks „Wie schlimm alles ist" gebraucht wird.** Und du weißt: Eigentlich könnte jede andere auch diese Rolle spielen. Das sind die Energieräuber! Es ist ihnen nicht so wichtig, dass gerade du da bist, deswegen ist es auch nicht schlimm, wenn du ihre Begegnungen meidest. Klar gibt es Situationen wie eine Freundin mit Liebeskummer oder den Bruder mit Stress in der Schule, denen du dich schlecht verweigern kannst. Das sind sicher auch anstrengende Gespräche, aber mit dem Ausdruck „Energieräuber" sind

die „Mehrfachtäter“ gemeint. Sie haben bei jedem Treffen Liebeskummer oder Dauerstress. Und sie machen das auch jedes Mal zum bestimmenden und abendfüllenden Thema. Lass dir deine Energie nicht rauben.
Nutze deinen Schutzschild!

Schutzschild gegen Energieräuber

- Mache klar, worüber du nicht mehr reden willst („Wir haben so oft über deine alte Klasse gesprochen. Ich will darüber erst wieder reden, wenn sich da etwas für dich geändert hat.“).
- Sage, worüber du reden willst („Ich möchte dir jetzt lieber über den Film erzählen als über deinen Freund reden.“).
- „Überhöre“ die Energieraubthemen, lenke auf ein anderes Thema über.
- Bringe selbst die Themen mit (erzähle von einem Film, einem Urlaub, aus der Schule).
- Schiebe die Verabredung möglichst weit nach hinten (statt alle zwei Wochen alle vier Wochen).
- Verabrede dich für einen Termin, der vor einem nicht verschiebbaren Termin liegt (Sportunterricht, Essen mit den Eltern, Arztbesuch, Lerngruppe etc.).
- Lade zu „stummen“ Aktivitäten ein (Kino, Tanzen, Skaten, Fotos machen).
- Nimm eine dritte Person mit, denn oft saugen Energieräuber nur unter vier Augen.

Trau dich, sage ‚Ja'!

Wie gesagt, es ist nicht jedermanns Ding, im Mittelpunkt zu stehen. Musst du auch nicht. Bestimmt hast du heimlich schon oft gedacht: Das hätte ich besser gemacht! Die typische Frage ist: Warum hast du dich dann nicht für das Amt der Klassensprecherin gemeldet? Warum hast du dann deine Schwester die Geburtstagsfeier eures Vaters organisieren lassen? Viele Mädchen trauen sich die Dinge nicht zu, obwohl sie eigentlich ganz genau wissen, dass sie es können.

Jetzt die untypische Frage: Was brauchst du dazu, dass du dich als Klassensprecherin meldest? Was brauchst du dazu, die Geburtstagsfeier zu organisieren? Vielleicht beantwortest du die Frage mit:

- Wenn ich wüsste, dass meine Freundinnen mich als Klassensprecherin gut fänden, würde ich mich trauen.
- Wenn meine Tante das Essen übernehmen würde und ich für Einladung und Musik zuständig wäre, dann würde ich das machen.

Sorge dafür, dass du kriegst, was du brauchst! **Übrigens haben selbstbewusst wirkende Menschen einen Trick: ‚Ja' sagen, bevor sie nachdenken.**

Was in anderen Situationen (Sex ohne Schutz, extreme Mutproben, Drogenexperimente) gefährlich wird, ist manchmal genau richtig. Wenn es also mal wieder darum geht, dich in deiner Klasse für eine Aufgabe zu melden, in der Clique eine Party zu organisieren, im Urlaub mit deinen Eltern eine Tour zu planen – erst einmal Hand hoch und sagen: „Da habe ich Interesse." Alles Weitere machst du dann schon! Das funktioniert auch prima, wenn du meinst, etwas läuft gerade nicht optimal. Die Klasse meint, ihr solltet mal ein modernes Buch lesen? Im Bistro schmecken die Nachos alt und ranzig? Deine Eltern sollten wissen, dass ihr Mädels euch Sorgen um die Oma macht? Fang einfach an mit „Ich möchte gerne etwas sagen …". Der Rest kommt von selbst.

Führe ein Erfolgstagebuch!

Schreibe dir täglich auf, was du heute alles Gutes geleistet hast. Da kommt einiges zusammen: in der Englischstunde total fließend gesprochen, der Ziege im Bus die Meinung gesagt, dem Opa die Stufen raufgeholfen, persönliche Bestzeit im Rückenschwimmen aufgestellt ... Wetten, wenn du dieses Buch nach einem Monat rausholst und dir durchliest, hast du viele Punkte auf der Ich-bin-stark-Skala gemacht. Du kannst stolz auf dich sein!

Eigen-Werbung

„Die längste Praline der Welt", „Take Sport, Add Music". Alle Produkte und Leistungen werden mit einem einzigartigen Spruch beworben, erst recht die guten. Also: Wenn du etwas Gutes zu bieten hast, gehört Werbung einfach dazu. Aber leider fällt es vielen Mädchen unglaublich schwer, über ihre Leistungen zu sprechen. Anstatt zu sagen, was sie können, stellen sie ihre Erfolge lieber in den Schatten und schweigen darüber – und wundern sich dann, wenn ihr Selbstbewusstsein im Keller ist oder andere über sie bestimmen. Dabei hat das Reden über gute Leistungen gar nichts mit Angeberei und Besserwisserei zu tun, wenn du es auf einem normalen, sachlichen Niveau betreibst. Nach dem Motto: **Wenn ich etwas gut gemacht habe, dürfen das auch andere erfahren,** kannst du jederzeit darüber berichten. Erzähle deinen Eltern: „Unsere Klasse nimmt jetzt an einem sozialen Projekt der Stadt teil, nachdem Pia und ich uns dafür eingesetzt haben." Sage deiner Lehrerin: „Ich freu mich, dass Paula heute eine Zwei an der Tafel gekriegt hat, nachdem wir gestern zusammen zwei Stunden lang gebüffelt haben." Nur wenn du den Mund aufmachst und andere die Gelegenheit haben, mehr über dich und deine Leistungen zu erfahren, bekommst du auch die Anerkennung, die du verdienst.

Und jetzt: Werbung!

Stell dir vor, du bist Mitarbeiterin einer Werbeagentur. Dein Job: Bewirb dich selbst nach dem Motto: „Hier sehen Sie das Produkt Luna. Luna ist ein Wirbelwind, ein Markenprodukt aus dem Hause Schmidt. Lernen Sie ihren Witz, ihren Charme und ihre unermüdliche Tanzfähigkeit kennen. „Luna, wild und witzig."

- *Was für ein Produkt bist du?*
- *Was sind deine besonderen Leistungen?*
- *Wie lautet ein guter Claim (das ist der einzigartige Spruch) für dich?*
- *Wenn ihr zu zweit seid: Schreibt euch gegenseitig einen Werbetext und tragt ihn euch vor.*

„Fishing for compliments" oder: Stinken Komplimente?

Wie reagierst du typischerweise auf ein Kompliment? Zum Beispiel: „Das ist eine tolle Jeans, die steht dir echt super!" Fragst du zögernd „Meinst du?", zeigt das, dass dir Komplimente unangenehm sind. Die Antwort „War ein Schnäppchen, im Kaufhof, echt günstig" ist typisch, wenn du dazu neigst, alles zu versachlichen. Ein gut gelauntes „Dankeschön!" dagegen ist eine ideale Reaktion. Menschen sagen gerne mal nette Dinge, lass sie doch einfach und genieße es!

Was soll ich bloß sagen?

Bei allem entwickelten Selbstbewusstsein gibt es manche Situationen, da hast du keinen blassen Schimmer, was du zum Gespräch beitragen sollst: Alle reden über einen bestimmten Film oder schwärmen vom „Club", in den nur du nicht mitkommen durftest. Wo sollst du hier mit Eigenwerbung punkten? Wo deine Stärken auf deinen inneren Spiegel richten? Relax. Diese Situationen sind no go für Meinungen und Auftritte, weil du sowieso keine Ahnung hast, worum es geht. Mit Sätzen wie „Ich habe gehört, mit dem Film hat der Regisseur den schlechtesten seiner Laufbahn hingelegt" oder „Der ‚Club' kommt wahrscheinlich eh nicht an die ‚Neon-Bar' ran" gibst du nur sehr offensichtlich die beleidigte Leberwurst, die, weil sie mitreden will, schlechte Laune wie Fett verspritzt. :-(Stell lieber sogenannte „öffnende Fragen" (oder W-Fragen), das sind Fragen, mit denen du die anderen aufforderst, mehr zu erzählen.

Was war die beeindruckendste Stelle in dem Film?
Wem, denkst du, würde der Film noch gefallen?
Was hat dir im „Club" am besten gefallen?
Welche Musik haben sie gespielt?

So kannst du, ohne dabei gewesen zu sein, mitreden. Und durch dein bekundetes Interesse merken die anderen nicht, dass du inhaltlich gar nichts beitragen kannst. **Wer fragt, der führt!**, ist eine uralte Weisheit – du wirst sehen, sie stimmt und hilft. Der Zeitpunkt kommt dann bestimmt und von ganz allein, an dem du deine Meinung beitragen kannst: „Das hört sich ganz so an, als wäre der Film echt nur für Fans geeignet. Gut zu wissen" oder „Es lohnt sich also nicht, den ‚Club' fürs Chill-out zu besuchen". Das ist dann dein Auftritt!

Öffnende Fragen öffnen Türen!

Konzentriere dich mal in der Clique oder bei einem Familientreffen darauf, nur öffnende Fragen zu stellen. Das sind Fragen, die mit „was", „wie", „wozu", „inwiefern", „wer", „mit wem" etc. beginnen. Was ist das Spannendste, das du so erfahren hast? Von wem hast du ein ganz neues Bild gewonnen?

DEIN KÖRPER SPRICHT BÄNDE

„Ist der aber toll." Oder: „So ein armes Würstchen." Der allererste Eindruck von einem Menschen ist immer äußerlich und wird von dir blitzschnell abgespeichert. Binnen Sekunden entscheidest du instinktiv, ob du dein Gegenüber magst, gut riechen kannst, ihm unter- oder überlegen bist. Diesen Reaktionen bist du umgekehrt natürlich ebenfalls ausgesetzt. Mehr noch: **Auch dein Körper sendet Signale an deine Umwelt, die unbewusst oder bewusst deine Gefühle und Gedanken spiegeln.** Du schaust betreten zu Boden, weil du dich zwischen den vielen neugierigen Gesichtern in der neuen Klasse blöd fühlst, und signalisierst damit Unsicherheit und Schüchternheit – das macht es deinen Mitschülern leicht, über dich zu lästern. Oder du möchtest in der Band deiner neuen Schule mitmachen und bist dabei so nervös, dass du total verklemmt dasitzt und keine Frage beantworten kannst – kein Wunder, wenn du eine Absage bekommst. Oder der süße Typ aus dem Bus hat dich endlich angesprochen und du wirst so rot und stammelig, dass du alles vermasselst, bevor es überhaupt anfangen konnte.

Zum Trost: Diese Situationen kennt jeder, und wer was anderes behauptet, lügt! Zur Motivation: Du kannst lernen, solche Situationen zu beherrschen (und nicht sie dich!), indem du dir ein festes Programm (wie Tanzschritte!) antrainierst, das sich dann automatisch abspult. **Genauso, wie dein Körper eine komplizierte Schrittreihenfolge beim Tanzen gelernt hat und sich Vokabeln merken kann, genauso kannst du ihm auch eine positive Ausstrahlung beibringen, und zwar von Kopf bis Fuß.** Das erfordert ein bisschen Übung, Geduld und vor allem Ehrlichkeit dir selbst gegenüber.

Aufrecht gehen, aufrecht stehen

Stell dir mal vor, du bist in der Schulband angekommen und die anderen fragen dich nach deiner Meinung, wer euch unterstützen sollte. Zwei Mädels stellen sich vor: Anna, die Erste, kommt langsam auf dich zu, nennt leise ihren Namen und blickt dir dabei kaum in die Augen. Sie erzählt dir, dass sie an ihrem alten Wohnort seit zwei Jahren in der Schulband Bass gespielt hat. Während ihr redet, wackelt sie auf den Beinen hin und her, hält sich die Hände fest und verzieht keine Miene. Bea, die Zweite, kommt mit federnden Schritten auf dich zu, lächelt und blickt dich an. Sie sagt, dass sie seit einem Jahr in einer Band spielt. Während du dich mit ihr unterhältst, steht sie ruhig und aufrecht und nickt ab und zu. Jetzt darfst du deine Wahl treffen. Ehrlich: Mit welcher der beiden möchtest du lieber zukünftig in der Band spielen? Die meisten Menschen würden Bea wählen (remember: 55 % unseres Eindrucks werden von der Körpersprache bestimmt!) – auch wenn das gemein ist, weil doch Anna die größere Erfahrung hat. Sie hat sich vielleicht in der Situation nur unangenehm gefühlt oder es war ihr peinlich, sich selbst darzustellen zu müssen. „Aufrecht gehen, aufrecht stehen" ist für sie die Zauberformel, wenn sie ihr nächstes Gespräch hat.

Body-Check-List

Notiere anhand der folgenden Checkliste, wie du normalerweise gehst, sitzt, stehst, dich in einem Raum bewegst. Frage deine Freundin nach ihren Beobachtungen oder füllt euch gegenseitig die Liste aus.

Du wirst aufgerufen und gehst zur Tafel:

a) Du läufst federnd und zügig.

b) Du schlurfst betont langsam.

Du sitzt mit der Clique im Café:

a) Du hältst die Arme und Hände offen.

b) Du verschränkst die Arme oder ballst eine Faust.

Du steigst in den Bus ein.

a) Du suchst Blickkontakt zu bekannten Gesichtern.

b) Du schaust unter dich und vermeidest Blicke.

Du sagst deiner Freundin, dass sie so nicht mit dir umgehen kann.

a) Du stehst mit beiden Beinen fest auf dem Boden.

b) Du wankst von rechts nach links, stehst über Kreuz.

Du siehst dich zufällig in einer spiegelnden Scheibe.

a) Dein Mund lächelt, deine Augen blitzen.

b) Deine Mundwinkel hängen nach unten, deine Augen blicken ausdruckslos.

Jetzt wirst du sagen, es kommt auf die Situation an. Auch gut, umso besser. Egal, wie dein kritisches Urteil ausfällt, je mehr du mit a) geantwortet hast, desto positiver ist deine Körpersprache schon. Situationen, für die du eher b) als typisch siehst, kannst du gleich in der nächsten Übung „Nie mehr peinliche Situationen" anpacken.

Die „sicheren Sechs“ für heikle Situationen:

1. Mit beiden Füßen fest auf dem Boden stehen.
2. Langsam tief in den Bauch atmen.
3. Brustbein nach vorne-oben heben.
4. Deinem Gesprächspartner fest in die Augen schauen.
5. An die Dinge denken, die an dir toll sind.
6. Lächeln!

Trainiere dein Körpergefühl!

Mit vielen Sportarten kannst du dein Körpergefühl kolossal verbessern: Ob Joggen, Reiten, Schwimmen, Tennis, Volleyball oder Inliner, egal, was du tust, du trainierst deine Kondition und Koordination, lernst deinen Körper in Extremsituationen kennen und seine Möglichkeiten wie Grenzen einzuschätzen. Vor allem aber ist Tanzen ein tolles Training fürs Körpergefühl und etwas, das du ganz allein in deinem Zimmer tun kannst. Probiere von Armschleudern bis Hüftwackeln alles aus, was dir gefällt und einfällt, gib dich deiner Lieblingsmusik völlig hin. Das findest du peinlich? Quatsch, weiß doch keiner! Und hast du ein paar gute Schrittkombinationen drauf und ein sicheres Gefühl für Rhythmus und Musik entwickelt, brauchst du auf der nächsten Party keine Angst vorm Dancefloor zu haben. – Und vorm nächsten Gang an die Tafel auch nicht.

Körperprogramm für eine gute Figur

Führe die Übungen regelmäßig durch, am besten nachmittags, bevor du dich an deine Hausaufgaben setzt.

Für eine aufrechte Kopfhaltung: *Balanciere deine Lieblingszeitschrift auf deinem Kopf und laufe mit ruhigen Schritten in deinem Zimmer auf und ab.*
Für einen freundlichen Mund: *Beiße mit den Zähnen auf einen Stift, ohne dass ihn die Lippen berühren, das trainiert die Lachmuskulatur.*
Für klaren Durchblick: *Fokussiere mit den Augen den Fensterrah-*

Deine Gesten sagen alles

Gemäß der Aussage des Kommunikationsexperten Paul Watzlawick „Man kann nicht nicht kommunizieren“ sprechen deine Körperhaltung und deine Armbewegungen Bände – klar, wenn du redest, aber auch wenn du gar nichts sagst. Schau dir einmal die Gesten deines Gegenübers genauer an: Beobachte deinen Lehrer während des Unterrichts, wenn er sich nicht auf einen Vorschlag einlassen will. Oder deine Freundin, wenn sie dich überzeugen will, doch heute mit ins Kino zu kommen. Oder den Supermacker eurer Klasse, wenn er mal wieder seine Sprüche loslässt. Alle zeigen Gestik, man sagt auch, sie „unterstreichen“ mit Gesten ihre Worte. Wozu ist es wichtig, die Wirkung positiver und negativer Gesten zu kennen? **Menschen sind Augentiere, sie sehen und checken ab, ob du ihnen dabei positiv oder negativ gegenüber eingestellt bist.** Und ehrlich, keiner legt großen Wert darauf, mit jemandem zu reden, der ihm körpersprachlich das Signal „gähn, du bist superuninteressant“ gibt.

men, dann schaue nach draußen, vorzugsweise ins Grüne. Blicke nun im Sekundentakt abwechselnd zwischen Fensterrahmen und draußen hin und her.

Für gerade Schultern: *Hebe dein Brustbein (der Ort, wo deine Rippen vorne zusammenkommen) nach vorne und oben. Durch diese Bewegung sind Schultern und Rücken automatisch aufrecht.*

Für einen festen Stand: *Stell dir vor, du müsstest einen gleichmäßigen Fußabdruck in den Sand machen. Belaste die Fußsohlen gleichmäßig, dann stehen auch deine Füße gerade.*

Lehrer sehen zum Beispiel die Schüler wohlwollender, die von sich aus Blickkontakt herstellen und öfter mal mit einem Nicken zeigen, dass sie zugehört und den Gedanken verstanden haben. Und deine Eltern geraten auch schneller auf die Palme, wenn dein Körper ihnen zeigt „Ihr seid eh doof", als wenn er zeigt „Okay, lasst uns drüber reden".

ABC der Gesten

Wo sich deine Hände befinden, sagt etwas darüber aus, wie du die Dinge bewertest: Oberhalb der Gürtellinie bedeutet „Das ist positiv", zeigen die Handflächen nach oben, signalisierst du Offenheit und Gesprächsbereitschaft. Auf der Gürtellinie betonst du, dass du etwas „neutral" einstufst. Unterhalb des Gürtels zeigst du „Das ist negativ", wenn deine Handflächen nach unten zeigen, wiegeln sie ab, beschwichtigen oder lehnen ab. **Dein Körper verrät dich schnell, wenn du etwas als positiv darstellst, dabei aber mit den Händen etwas „in Grund und Boden drückst".**

Aufgestütztes Kinn – signalisiert „Ich höre zu und folge dir", tue aber noch nichts.

Blickkontakt – signalisiert „Ich bin dir gut"; Interesse und Zuhören.

Cold as Ice – Gratwanderung zwischen interessant und überheblich.

Dagegen! Arme in der Hüfte, Beine breit, Blick erhoben sagen „NEIN!".

Erstens, zweitens, drittens – Finger abzählen kann Worte unterstreichen.

Festklammern am Stuhl mit Händen oder Füßen – wirkt unsicher.

Geballte Faust – wirkt theatralisch, selten echt.

Haare mit dem Finger eindrehen – bist du verlegen oder flirtest du?

Igel – Finger wie Stacheln signalisieren Abwehr.

„Ja" – eigentlich „nein", wenn die Hände unter der Gürtellinie sind und die Stimme leise ist.

Kuliknipsen – wirkt nervös oder ungeduldig und lenkt ab.

Lippen mit dem Zeigefinger verschließen – ich höre noch zu, will aber bald was sagen.

Metaphern – Hände gestalten körpersprachliche Bilder: Kreis = wir zusammen, Welle = nach und nach, Waage = einerseits, andererseits.

Nicken – signalisiert Zustimmung, langsames Nicken deutet langsam überzeugt werden an.

Offene Handhaltung – zeigt Gesprächsbereitschaft und Offenheit.

Positionswechsel im Raum – zeigt gut Unterschiede auf: rechts vom Pult die Vorteile schildern, links vom Pult die Nachteile darstellen.

„Qualle in der Hand" – schlapper Händedruck zeigt: lieber keinen Körperkontakt für mich.

Rapport– zwischenmenschliche Stimmigkeit, unterstützt du, indem du Gesten wie ein Spiegelbild deines Gegenübers einsetzt.

Spitzdach mit den Händen – kluge Abwehr gegen Einwände.

Tippelnde Finger – Zeichen von Nervosität, Ungeduld, Angespanntheit.

Uhrenblick/Smartpone-Check – unhöflich für: „Du redest mir zu lange".

Verschränkte Arme – mögliches Zeichen für Unsicherheit (du hältst dich an dir selbst fest) oder Abwehr (die Arme schützen dich).
Weit zurückgelehnt – kann Desinteresse zeigen, wirkt überheblich.
X-Beine beim Stehen – unsicherer Stand zeigt unsichere Meinung.
Yipppiii! – Du freust dich total.
Zeigefinger erhoben – wirkt fast immer aggressiv oder besser wissend.

Vorsicht, dies sind nur einzelne Beobachtungen, der Gesamteindruck entscheidet! Es ist also nicht okay, deine Freundin anzumachen, weil sie die Arme verschränkt, vielleicht ist ihr nur kalt. Wenn sie dir aber dazu nicht in die Augen schaut und die Unterlippe runterzieht, solltest du mal fragen, was Sache ist.

Selbstbehauptung

Jeden Tag im Bus erlebst du immer wieder das gleiche Spiel: Willst du die Stufen hoch, wirst du weggedrängelt, hast du glücklich einen Platz entdeckt, ist jemand schneller, und stehst du endlich an einer Haltestange, wirst du auch noch ständig geschubst. Vordrängler an der Supermarktkasse, Lästermäuler beim Schulsport oder Jungs, die euch beim Stadtbummel „verfolgen" – unangenehme Situationen haben viele Gesichter. ***Klar ist: Du willst etwas oder du willst etwas nicht.*** *Da dreht sich alles um Selbstbehauptung! Es muss nämlich nicht gleich sein, dass dich jemand körperlich angreift, dich anrempelt oder dir eine Ohrfeige verpasst. Oft setzt dich jemand mit seinen Äußerungen unter Druck. Oder jemand hat schlechte Laune und lässt seine Wut an dir aus. Oder jemand versucht, dich zu manipulieren, sodass du etwas gegen deinen Willen tust. Weil diese Situationen sehr unterschiedlich sind, brauchst du verschiedene Schutzschilder, um dich gegen die Blödmänner dieser Welt zu wehren!*

Entfessle Dschinni, deinen hilfreichen Flaschengeist

Kennst du Aladins Wunderlampe? Aladin findet eine Lampe, in der ein Flaschengeist lebt, der ihm hilft zu sein, was er will, und zu bekommen, was er möchte (in seinem Fall: eine tolle Prinzessin :-)). Beschreibe deiner Freundin eine Situation, in der du gerne einen hilfreichen Geist hättest, zum Beispiel wenn dein Lehrer dich eindringlich befragt oder du im Bus weggedrängelt wirst. Setzt euch gemütlich hin. Du schließt die Augen und erzählst, was in der Situation passiert und was du machst. Deine Freundin befragt dich nun zu deinem Dschinni, dem Geist, der nur für dich aus der Flasche kommt und dir Kraft gibt. Deine Freundin stellt dir öffnende Fragen:

- *Wo siehst du deinen Dschinni? Wie sieht er aus?*
- *Wie schaut er? Was macht er?*
- *Was sagt dein Dschinni zu dir, um dir Kraft zu geben?*
- *Woran merkt dein Dschinni, dass du ihn rufst?*
- *Wie geht es dir, wenn dein Dschinni da ist?*

Du hältst die Augen geschlossen und stellst dir deinen Dschinni vor und beantwortest deiner Freundin die Fragen. Zum Beispiel siehst du Dschinni hinter der Schulter deines Lehrers an der Tafel, er ist klein und grün, lächelt dir zu, streckt den Daumen hoch und sagt: „Du schaffst das!". Dein Dschinni merkt, dass du ihn rufst, und erscheint, wenn du zur Tafel schaust. Du spürst, dass du sicherer wirst, und weißt, dass du eine Antwort findest.

Wenn du dir keinen Geist aus der Flasche vorstellen magst, sondern lieber einen Engel, deinen Patronus oder Pippi Lamgstrumpf an deiner Seite – auch gut. Du wählst den guten Geist aus, der dir guttut. Wenn du in die schwierige Situation kommst, aktivierst du dann deinen guten Geist, indem du sie oder ihn innerlich rufst, wenn du also – wie oben beschrieben – zum Beispiel zur Tafel schaust.

Der Film in deinem Kopf

Du kennst sicher einige Situationen, vor denen du Riesenbammel hast: auf dem Schulweg allein einer Gruppe Jungs entgegenlaufen, deinem Vater die Fünf in Mathe beichten, dich beim ersten Date blamieren ... allein die Vorstellung ist gruselig. Ganz wichtig: **Die Realität ist nie so schlimm wie deine Vorstellung.** Deine Vorstellungskraft schafft es, sich diese Situationen in den düstersten Farben auszumalen. Ergebnisse sind schlechte Gefühle wie Sorge oder gar Angst. Genauso wie deine Vorstellungskraft sich das Schlimmste ausmalen kann, kann sie aber auch den Film anders ablaufen lassen.

Nimm die Situation mit der Gruppe Jungs: Was passiert in dem inneren Film, der dir Angst macht? Du läufst scheu vorbei, ziehst die Schultern ein, senkst den Kopf ... Sie rempeln dich an, reißen blöde Sprüche und ärgern dich, weil du von Anfang an Unsicherheit signalisiert hast und man „das mit dir machen kann". Jetzt spule den Film zurück. Ein neuer Dreh beginnt. Du läufst den Jungs entgegen, blickst sie schon von Weitem an, dein Rücken ist gerade, deine Schritte sind kräftig und ausladend und dann sagst du: „Macht mal bitte Platz!" Du kommst sicher an ihnen vorbei und fühlst dich ebenso.

Aber Achtung: Das ist kein Freibrief für unvorsichtiges Verhalten wie nachts allein durch den Park laufen, allein trampen und Ähnliches.

Nein! Nein! Nein!

Leihst du mir einen Zehner? Willst du eine Zigarette? Los, mache bei der Mutprobe mit! – Sicher fallen dir auf Anhieb tausend Situationen ein, in denen du lieber ‚Nein' gesagt hättest, es aber aus tausend Gründen nicht getan hast. Klar, es ist nicht immer leicht, anderen einen Gefallen abzuschlagen oder standhaft zu bleiben. Dazu musst du ganz schön stark und selbstbewusst sein. Und dir klarmachen, dass Neinsagen nicht gleich bedeutet: Ich kündige dir die Freundschaft oder ich

Dreh deinen Film neu!

Überlege dir, für welche Situation du ein neues Drehbuch möchtest. Schreibe das Drehbuch auf oder besser: Erzähle deiner Freundin diesen neuen Film:

Was passiert dort? ....
Wie verhältst du dich? ....
Wie ist die Reaktion der Beteiligten? ....
Wie fühlst du dich? ....

Wichtig dabei: Prüfe genau, dass du die Reaktionen der anderen realistisch einschätzt und sie nicht nach Wunschdenken verklärst, nach dem Motto „Ich sage: ‚Ich habe eine Fünf geschrieben' und mein Vater sagt: ‚Macht doch nichts' und wir gehen fröhlich gemeinsam ein Eis essen". Deine Freundin ist hier sicher eine gute Regie-Assistentin!

bin ein Weichei. Als kleines Mädchen haben dich deine Eltern sicher spüren lassen, dass Neinsagen ungezogen und unhöflich ist. Es gab jedes Mal Ärger, wenn du die blöde gelbe Strumpfhose nicht anziehen wolltest, den Spinat verweigert oder dein Zimmer nicht auf Anhieb aufgeräumt hast: Stimmt's? **Inzwischen hast du aber hoffentlich festgestellt, dass Neinsagen ganz schön wichtig sein kann, auch wenn es dir ungemein schwerfällt, eben weil du gelernt hast, dass Neinsagen Stress bedeutet.** Schlimmer noch: Wenn dich deine beste Freundin fragt, ob sie sich für ihr nächstes Date deine Lieblingsjeans ausleihen kann, sagst du womöglich aus lauter Angst, sie sonst zu verlieren, ‚Ja', obwohl du deine Jeans an dem Tag selbst tragen möchtest. Dummerweise haben wir nämlich oft gleich mitgelernt, dass wir nicht mehr gemocht werden, wenn wir ‚Nein' sagen.

(D)ein Recht auf ein Nein!

Wenn du etwas nicht willst, hast du das Recht, ‚Nein' zu sagen. Das betrifft vor allem Dinge, die mit dir und deinem Körper zu tun haben. Wenn dich jemand betatschen und küssen will oder dein Freund unbedingt mit dir schlafen will, du aber noch nicht so weit bist: Sage ‚Nein' – und zwar laut und deutlich und gehe auf Distanz. **Wer dein Nein nicht akzeptiert, respektiert deine Intimsphäre nicht und hat dich nicht verdient.** Bleib bei deinem Nein, auch wenn dich derjenige übel beschimpft oder versucht, dich zu erpressen („Dann mache ich mit dir Schluss!" oder „Dann gehörst du nicht mehr zur Clique"– besten Dank, dann erst recht nicht!). Dein Recht auf ein Nein gilt insbesondere dann, wenn du Opfer sexueller Belästigungen oder Misshandlungen wirst. Rede dir nicht ein, was passiert ist, sei deine Schuld, sondern suche dir professionelle Hilfe und vertraue dich jemandem an. Manchmal hilft ein Nein gegen Gewalt leider nicht. Es ist gut, zu wissen, wann du wirklich Opfer bist und Hilfe brauchst.

Miss Yes, Miss No

Um die Stärke eines Neins zu testen, machst du mit deiner Freundin folgende Übung: Stellt euch Auge in Auge gegenüber und legt eure Handflächen gegeneinander. Während ihr euch abwechselnd mit den Händen sanft schubst, sagst du ‚Ja', deine Freundin ‚Nein'. Tauscht nach einer Minute die Rolle: Jetzt sagst du ‚Nein' und deine Freundin ‚Ja'. Verändert und steigert Lautstärke und Betonung. Je bestimmter du ‚Nein' sagst, desto stärker schubst du automatisch und desto stärker fühlst du dich auch.

Warum du ‚Nein' sagst und er ‚Ja' versteht …

Blöde Situation mit blödem Typ, du sagst ‚Nein', er versucht, dich weiter anzumachen, und scheint ein Übersetzungsproblem zu haben. Woran liegt's? Zugegeben, manchmal liegt's an ihm … Dennoch kannst du viel tun, dein Nein sehr klar zu machen. Diese drei Schritte helfen dir dabei:

1. Schau nach innen: Sagt irgendwas und irgendwer in dir gaaanz leise „Ja"? Schau unter „Lerne dein inneres Team kennen" nach, wer oder was das sein könnte, zum Beispiel das „liebe Mädel" in dir, das es allen recht machen will? **Hole unbedingt eine andere Besetzung auf deine Bühne: zum Beispiel „Miss Tough Enough",** die sich fragt: „Ist der Kerl taub, oder was?"
2. Schau nach außen: Wie siehst du aus, wenn du ‚Nein' sagst? Sind deine Hände offen, ist dein Lächeln freundlich und dein Blick schräg von unten nach oben und du hast am Ende sogar noch die Hände im Haar? Das muss er als Flirt missverstehen! **Stell dich hin, packe die Arme in die Hüfte** (remember: unter der Gürtellinie = negativ!), verankere die Beine fest im Boden, erhebe den Blick. So sind 55 % deines Neins schon geschafft!
3. Beachte Betonung und Stimme: Sagst du leise „Nein" oder etwa „Ach nein" oder „Nein, lass das …", wobei deine Stimme am Ende etwas hochgeht? Das deutet im Deutschen eine Frage an und wirkt, als wärst du unsicher oder als ob du ihn fragen willst, ob ‚nein' okay ist. Seine Ansicht kennst du ja … Also: **Male mit deinem Nein einen Feuerblitz, der aus dir kommt: Atme tief in den Bauch, sage kurz, knapp und laut NEIN!** Das macht noch mal 38 % dazu!

Wichtig danach: Dreh dich um, geh weg, wende dich jemand anderem zu, **mache damit deutlich, dass für dich das letzte Wort gesprochen ist.**

Klartext reden

Mädchen reagieren gerne auf den Konjunktiv (das sind Sätze mit könnte, würde, sollte usw.). Wenn also jemand locker in die Runde sagt: „Die Clique könnte mal wieder was gemeinsam unternehmen", fühlst du dich sofort angesprochen, etwas auf die Beine zu stellen. Jungs dagegen muss man klar und deutlich sagen, was sie tun sollen: Wenn du also sagst: „Könntest du mir bitte mein Mäppchen zurückgeben?", wird sich der Blödmann aus deiner Klasse nicht angesprochen fühlen und einfach weitermachen. Was lernst du daraus?

- Ziehe dir nicht jeden Schuh an, der dir hingestellt wird.
- Sage laut und klar, was du meinst, und du bekommst, was du willst!

Stell dich also beim nächsten Mal vor den Blödmann hin, strecke die Hand aus und sage laut: „Ich möchte jetzt mein Mäppchen zurückhaben!" Anderes Beispiel: Auf der Fete kommt dir ein Typ näher, als dir lieb ist, und fummelt an dir rum. Wie reagieren? Du nimmst mit festem Griff seine Hand weg und sagst laut: „Hör auf, ich will das nicht!"

Klartext reden heißt sagen, was du meinst, fair und respektvoll – auch wenn dir danach nicht unbedingt ist. Denn mit Drohungen („Wenn du mir mein Mäppchen nicht wiedergibst, dann ..." oder „Wenn du mich nicht in Ruhe lässt, dann ...") und allgemeinem Gejammer („Immer ärgerst du mich ..." oder „Nie lässt du mich in Ruhe ...") bekommst du nicht, was du willst, sondern bringst den anderen meist dazu, noch einen draufzulegen oder dich lächerlich zu machen. Viel erfolgreicher bist du, wenn du eine klare Aufforderung und/oder eine Ich-Botschaft (siehe Box S. 44) sendest. Dann bekommst du, was du willst!

Mit Ich-Botschaften fair kommunizieren

Fair bedeutet, den anderen respektvoll und gleichberechtigt zu behandeln, nicht von oben herab, aber auch nicht unterwürfig zu sprechen. Ein guter Test ist: **„Dürfte der andere zu mir genauso sprechen, wie ich mit ihm spreche?"**

Ein ganz wichtiges Instrument für die faire Kommunikation sind die sogenannten Ich-Botschaften. Das sind zunächst einmal Aussagen wie „Ich finde deine Reaktion merkwürdig" oder „Meiner Meinung nach ist das unfair", mit denen du klarstellst, das ist deine Ansicht (und damit verletzt du keinen).
Gerade, wenn die Luft dick wird und sich ein Streit anbahnt, solltest du darauf achten, dass deine Ich-Botschaft vier Teile enthält:

1. Was du gehört oder gesehen hast: „Du sagst, ich bin nur dann eine echte Freundin, wenn ich es dir leihe."
2. Wie du dich damit fühlst: „Ich ärgere mich …"
3. Worum es dir geht: „… mir ist wichtig, über meine Sachen selbst zu bestimmen."
4. Was du dir wünschst: „Ich will, dass du meine Entscheidungen respektierst."

Im Gegensatz dazu gibt es Du-Botschaften („Du reagierst so komisch") und Man-Botschaften („Man erpresst seine Freunde nicht"). Das wirkt angreifend oder so, als ob du dich hinter einem scheinbar gültigen Gesetz verstecken müsstest. **Lass dir nicht einreden, es sei egoistisch und schlecht, „ich" zu sagen!**
Es ist eines der wichtigsten Worte, um fair zu kommunizieren!

Hilfreiches Feedback

„Dein Referat heute war echt super, ich hab die Fotosynthese heute zum ersten Mal richtig verstanden" oder „Das hat schon gepasst" – zwei Arten, um zu sagen, dass dein Referat gefallen hat. „Die Musikauswahl für die Party ist schon gut, ich möchte gern noch mehr Hip-Hop-Songs, bitte nimm dieses Album hier noch rein" oder „Dein Musikvorschlag ist doof" – zwei Arten, um zu sagen, dass deine Party-Playlist noch nicht optimal ist. Welche Art findest du besser? Sicher die jeweils erste, wie jeder!

Warum ist das so? **Weil du – wie alle anderen Menschen auch – Lob besser annehmen kannst und als wirkliche Anerkennung verstehst, wenn es direkt kommt und durch Beispiele anschaulich ist.** Dagegen braucht kein Mensch ein allgemeines Blabla („Das war gaaaanz toooolI") oder ein Lob, das so klein gemacht ist, dass du es kaum noch als Lob erkennst („Das war schon okay"). Auf der anderen Seite kannst du – wie ebenfalls alle anderen auch – Kritik besser annehmen, wenn …

- … du immer auch erst mal was Positives gesagt bekommst.
- … du konkret erfährst, was nicht gut ankam.
- … du Ideen bekommst, was der andere sich anders wünschen würde.

Auf ein pauschales „Das war komplett daneben" kannst du verzichten, das hilft dir kein bisschen, es beim nächsten Mal besser zu machen. Aber auch ein gelogenes „Nee, war alles okay so" bringt dich nicht weiter. Was du beachten solltest, wenn du jemandem Feedback geben möchtest, sind folgende Dinge:

- Frag zunächst, ob dein Feedback erwünscht ist: „Darf ich dir sagen, wie ich dein Referat fand?"
- Fang mit was Positivem an und nicht mit Kritik: „Ich fand die Gruppenübung am Schluss richtig spannend."

- Nutze Ich-Botschaften: „Du hast am Anfang sehr ausführlich erklärt, was in deinem Vortrag alles drankommt. Das war mir persönlich zu lang.“
- Sage, was du dir anders gewünscht hättest: „Ich hätte gerne am Anfang gehört, wozu wir das wissen müssen.“
- Schließe dein Feedback mit etwas Positivem ab: „Insgesamt hast du uns dieses Thema mit viel Action nahegebracht, es hat echt Spaß gemacht.“

Du siehst: Auch beim Feedback-Geben sind die Ich-Botschaften wieder der Schlüssel. Mit den Ich-Botschaften bringst du auch ganz schwierige Dinge an den Mann oder die Frau:

- „Magst du wissen, wie ich deinen neuen Style finde? Ich mag deine neue Frisur, finde aber Pumps und Mini zusammen komisch. Ich mag dich gerne in Boots und Mini, das sieht viel sportlicher aus. Pumps und Mini wirkt auf mich billig und das bist du nicht.“
- „Ich möchte dir was sagen, was mir etwas unangenehm ist, darf ich? Ich finde, du riechst in letzter Zeit oft mal stark verschwitzt. Vielleicht merkst du das nicht selbst, ich finde es fair, dir zu sagen, dass mir das auffällt, jetzt kannst du was dagegen tun.“

Dabei sind zwei Dinge ganz wesentlich:

1. Mache dir klar, dass dein Feedback nicht die Wahrheit schlechthin ist, sondern nur deine Art, die Dinge zu sehen, deine Wahrnehmung – und sage das auch demjenigen so, dem du Feedback gibst.
2. In dir drin muss ein kleines hilfreiches Feuer lodern, das heißt, du musst dem anderen mit deinem Feedback eine gut gemeinte Hilfe geben wollen. Sobald du hämische Gedanken hegst und beispielsweise einer Freundin mal klarmachen willst, dass sie ja wohl eine echte Spielverderberin ist, funktioniert es nicht.

Ich zieh die positive Brille auf!

Manchmal fällt es schwer, etwas Positives zu sehen, alles ist pauschal mies: Dein Lehrer macht einen superlangweiligen Unterricht, deine Schwester ist eine penetrante Nervensäge, deine Eltern sind mosernde Spießer. Der Auftrag an dich: Schreibe zehn Dinge auf, die dir an diesen Personen gut gefallen – es sind nur positive Dinge erlaubt. Beispielsweise fällt dir auf, dass dein Lehrer alle gleichmäßig drannimmt, über ein kleines Schwätzchen hinwegsieht, pünktlich anfängt und aufhört, ein witziges Hemd trägt, über einen Schülerwitz grinsen kann, die stille Lisa freundlich ermuntert, Max klar in seine Schranken verweist, eine gut lesbare Schrift hat, für euch Unterlagen kopiert hat. Zwischendrin aufgeben oder Negatives aufschreiben gilt nicht! Wozu das Ganze? Erst dann, wenn du irgendwas an jemandem gut findest, bist du dazu bereit, ihm ein gut gemeintes und damit akzeptables Feedback zu geben.

Schlag-fertig

„Hey, du süße Schnitte, küss mich!" – „Die süße Schnitte wird gleich sauer, wenn du deine Pfoten nicht wegnimmst!" Hättest du auch gerne gute Antworten auf blöde Sprüche und doofe Fragen? Stattdessen lächelst du oft nur gequält und erst hinterher fällt dir der Spruch ein, mit dem du perfekt gekontert hättest. Witzig sein ist gut, schlagfertig sein ist besser – und das kannst du mit zwei einfachen Techniken schnell lernen: **W-Fragen sind eine elegante Rückhand gegen blöde Sprüche** und spielen den Ball ganz schnell wieder dem Sprücheklopfer zu. Der muss sich dann erklären und zieht sich mit „Ach nichts, nur so …" meist zurück – die Starke bist du! Aber es gibt noch eine zweite – massivere – Kontermöglichkeit: Mit „Die Frage ist nicht …" schlägst du auf intelligente Art und Weise zurück. Probier beides aus!

Für Situationen, die du schon als tendenziell schwierig kennst, kannst du dir im Vorfeld knappe Antworten zurechtlegen. Überlege dir gleich morgens unter der Dusche oder im Bus, was du antworten könntest, wenn beispielsweise deine Freundin sich dein neues Top leihen will, dir die Typen auf der Party ein Bier aufdrängen wollen oder deine Clique mit dir die Stunde schwänzen will. Mit etwas Vorbereitungszeit fallen dir gute Antworten ein wie „Nein, tut mir leid, dafür habe ich so lange gespart, das gebe ich für nichts und niemanden her". – „Nein danke, ich muss noch Fahrrad fahren." – „Willst du dein Abi im Internet bestellen?"

Die W-Fragen-Rückhand

Deine Freundin hat die Aufgabe, sich einen richtig gemeinen Spruch auszudenken und dir an den Kopf zu werfen: „Gab's heute Pickel im Sonderangebot?" – „Ist das T-Shirt vom Grabbeltisch?" – „Was ist denn dein Frisör von Beruf – Gärtner?" etc. Du darfst nur mit einer W-Frage kontern – also keine Antwort geben und keine schließende Frage stellen, auf die man ‚Ja' oder ‚Nein' antworten kann. Beispielsweise antwortest du: „Was genau stört dich an meiner Haut?" – „Was willst du mir über mein T-Shirt sagen?" – „Weshalb kümmert dich der Beruf meines Frisörs?" Dann tauscht ihr die Rollen. Merkt ihr was: Wer eine W-Frage gestellt bekommt, hat plötzlich keine Angriffsfläche mehr – genauso geht es auch deinen „Gegnern", wenn sie dich anmachen!

Die Frage ist nicht …

Deine Freundin hat wieder die Aufgabe, sich einen richtig gemeinen Spruch auszudenken und dir an den Kopf zu werfen. Du beginnst den Antwortsatz immer mit: „Die Frage ist nicht, …, sondern …". Also beispielsweise „Die Frage ist nicht, ob es heute Pickel im Angebot gab, sondern warum du so auf Äußerlichkeiten achtest!" – „Die Frage ist nicht, ob mein T-Shirt vom Grabbeltisch ist, sondern wie wichtig dir Freundinnen mit Markenklamotten sind!" – „Die Frage ist nicht, was mein Frisör von Beruf ist, sondern ob mir meine Frisur gefällt!" Tauscht die Rollen. Überlegt gemeinsam, wo die Unterschiede zur W-Frage sind und in welchen Fällen dieser Konter gut einsetzbar ist und wo er eher zu heftig ankommt.

Ich möchte, dass du …

Überlege dir für folgende Situationen, in denen du von jemandem ein anderes Verhalten wünschst, wie du ihm oder ihr das im Klartext rüberbringen kannst. Vielleicht kann deine Freundin noch einige Ideen beisteuern. Prüft nach, welche Methode ihr gewählt habt. Denkt daran: Bitte, öffnende W-Frage (siehe Seite 29), Ich-Botschaft und Aufforderung sind am erfolgreichsten. Welche davon die beste ist, kommt immer auch auf deine Interpretation der Situation an; du findest vielleicht eine Bitte angemessen, wo deine Freundin die Ich-Botschaft anwenden würde. Probiert es aus!

Im Reitstall schnappt dir eine andere dein Lieblingspferd weg.

Du sagst: ....

Das ist: ❍ *eine Bitte* ❍ *eine W-Frage*

❍ *eine Ich-Botschaft* ❍ *eine Aufforderung*

Drei Jungs versperren dir am Nachmittag auf dem Bürgersteig den Weg.

Du sagst: ....

Das ist: ❍ *eine Bitte* ❍ *eine W-Frage*

❍ *eine Ich-Botschaft* ❍ *eine Aufforderung*

Deine Mutter sammelt seufzend die Dreckwäsche aus deinem Zimmer.

Du sagst: ....

Das ist: ❍ *eine Bitte* ❍ *eine W-Frage*

❍ *eine Ich-Botschaft* ❍ *eine Aufforderung*

Dein Lehrer macht dich vor der versammelten Klasse wegen deines Outfits runter.

Du sagst: ....

Das ist: ❍ *eine Bitte* ❍ *eine W-Frage*

❍ *eine Ich-Botschaft* ❍ *eine Aufforderung*

ZIELBLÜTE 1

Du hast eisern trainiert, durchgehalten und weitergemacht? Du hast viel erfahren und noch mehr ausprobiert? Du hast viel Spaß gehabt, mit deiner Freundin gelacht, deine Eltern verblüfft? Hey, was du jetzt schon alles weißt!

Die wichtigsten Merker zum Stolzsein:

1. Es steckt alles in dir – hol es heraus und lass deine Seele bei deinem Tempo mitkommen.
2. Du bist genau du und einmalig – lebe deinen Typ!
3. Lächle und das Leben lächelt zurück – auch wenn du erst mal die Zähne zusammenbeißt.
4. Hab keinen Respekt vor Tussi-Nasenlöchern.
5. Mein Problem = meine Verantwortung, dein Problem = deine Verantwortung.
6. Sorge für deine Beflügler, hebe deinen Schutzschild gegen deine Energieräuber.
7. Zögerlich? Vor dem Nachdenken einfach ‚Ja' sagen.
8. Immer möglich (auch bei null Ahnung): W-Fragen …
9. 7 % Inhalt, 38 % Ton, 55 % Körper: Deine Gesten drücken deine wahre Meinung aus, egal, was dir über die Lippen kommt.
10. „Ich" ist nicht egoistisch, sondern Voraussetzung für faire, gleichberechtigte Kommunikation.
11. Gutes Feedback = einen hilfreichen Spiegel vorhalten.

Von der Entscheidung, ein Ziel zu haben

Mal ehrlich: Menschen, die sich für gar nichts interessieren, können dir den letzten Nerv rauben, weil ihnen alles egal ist. Sie haben keine Meinung, ziehen sich nachlässig an und noch schlimmer: Sie legen sich nicht fest, vergessen ihre Aufgaben oder eure Verabredung. Und spätestens dann, wenn du von ihnen etwas willst oder brauchst, findest du das megablöd, weil sie dich einfach hängen lassen.

Locker-flocker mag ja ganz nett sein und jeder muss mal abhängen können – aber ohne Engagement, Enthusiasmus und Zielstrebigkeit kommst du im Leben nicht weit(er). **Wieso jubelst du für deine Mannschaft, wenn deine Stimme sowieso nicht zählt?** Du kannst etwas ausrichten, etwas bewegen, sei es nur für dich oder im großen Stil in eurer Schule.

Sieh es mal so: Wenn du Spaß an einer Sache hast (reiten, tanzen, reisen), tust du es auch gerne. Nun liegt es in der Natur des Alltags und deinen Verpflichtungen als Schülerin (und Bürgerin deines Landes!), dass es Dinge gibt, die dir keinen Spaß machen, die aber dennoch erledigt werden müssen. Dazu gehören Schulbesuch und Hausaufgaben, Ausbildung, Geld verdienen, Gesetze einhalten. Und anders als im Märchen kommt kein Prinz daher und erlöst dich, sondern du musst dir deinen Frosch schon selbst schönküssen. Das hört sich anstrengend an (wie oft denn noch küssen?!) und ist mitunter ziemlich schwer (weil er so glibbrig ist), aber es funktioniert– versprochen!
Motiviere dich selbst, entscheide dich dafür, Englisch gut zu finden, und werde Fan vom Union Jack. Fühle Leidenschaft für bestimmte

Dinge („Nein zu Tierversuchen!“, „Wasser ist mein Element!“, „Ohne Bücher kann ich nicht sein!“) und lebe sie aus. Dann entwickeln sich von selbst Ziele, die du verfolgen möchtest. **Und mal ehrlich, wenn du dir etwas partout in den Kopf gesetzt hast, erreichst du es doch auch, oder?** Es gibt kaum ein so tolles Gefühl, wie nach einem mühsamen Aufstieg auf dem Gipfel zu stehen! (Und Etappenziel für Etappenziel zu passieren …). Also, los geht's, auf den folgenden Seiten erfährst du alles, was du brauchst, um Entscheidungen zu treffen, wie du deine Ziele formulieren kannst und wie du Schritt für Schritt dein Ziel erreichst.

DIE DA ODER DIE DA

Jeden Tag triffst du unzählige Entscheidungen: Du ziehst das rote statt grüne Top zur schwarzen Hose an, du trittst der Theater-AG bei, du sagst deiner besten Freundin lieber nicht, dass du ihre Eltern spießig findest, du beschließt endlich, mit deinem Freund Schluss zu machen. Das entscheidest du mal so, mal so, mal nach reiflicher Überlegung, mal einfach aus dem Bauch heraus – wie es dir gerade richtig vorkommt.

Bestimmt hast du auch schon einige Entscheidungen getroffen, die du hinterher bereut hast. Zum Beispiel hast du dir von deinem letzten Taschengeld die pinke Schnäppchenjacke gekauft, obwohl du eigentlich für eine neue Jeans sparen wolltest. (Und das nur, weil dich deine Freundin gedrängelt hat.) Oder du bist zur Party gegangen, obwohl du eigentlich noch Vokabeln lernen musstest. Und jetzt stehst du in Französisch auf der Kippe (und die Party war scheiße!). Im Folgenden geht es darum, wie du die jeweils für dich richtige Entscheidung finden kannst.

Rosinen auf die Augen

Jemand, der sich die Rosinen rauspickt, sucht sich immer nur das Gute. Leider wird das negativ gesehen, obwohl doch eine schöne Wahrheit drinsteckt: Konzentriere dich bei allem, was du dir vornimmst, auf das für dich Angenehme und nicht auf das Unangenehme. Wo sind die Rosinen, die deine Vorhaben versüßen und deinen inneren Schweinehund hinter einer rosa Sonnenbrille friedlich schlummern lassen?

- *Du willst dich telefonisch für den Girls' Day bei der Berufsfeuerwehr in deiner Stadt bewerben und du denkst, dann stottere ich bestimmt am Telefon nur rum. Stopp, so wird das nichts! Überlege dir: Was ist toll an dem Job? Denke an die spannenden Aufgaben in der telefonischen Leitstelle, vielfältigen Schutzausrüstungen und eine mögliche Fahrt im Einsatzwagen, stell dir vor, wie du mitten dabei bist und vielleicht sogar etwas zum Retten, Löschen, Bergen und Schützen beitragen kannst. Freue dich auf den Girls' Day und auch auf den Anruf, der dich deinem Ziel ein Stück näher bringt.*
- *Vor dem Abendessen noch mal mit dem Hund raus? Es nieselt, es ist eklig kalt … Mit diesen Gedanken bleibst du sicher zu Hause. Konzentriere dich darauf, was dir daran gefällt, mit dem Hund rauszugehen. Erlebst du es gerne, wie deine Beine große Schritte machen und du total energiegeladen Wind und Wetter trotzt? Magst du es, wie die Haut prickelt, wenn du läufst, fühlst du dich total stark nach einem schnellen Gang durch den Park und genießt du danach die heiße Dusche? Das sind Bilder, die dich in Schwung bringen.*

Für welche Vorhaben bräuchtest du Rosinen auf die Augen (oder: Welche Frösche musst du schönküssen?): Schule, Hausaufgaben, Familienferien? Schreibe die wichtigsten drei auf und notiere daneben, was daran gut ist, worauf du dich freust etc.:

1. ....
2. ....
3. ....

Anti-Zöger-Zauber

Kennst du das? Du meldest dich erst mal nicht für das Amt als Klassensprecherin. Du magst nicht mit ins Krankenhaus fahren, um Kiki nach ihrem Reitunfall zu besuchen. Du lässt die Chance vorbeiziehen, dich bei deiner Freundin zu entschuldigen. Ein einfacher Trick herauszufinden, ob deine gewählte Handlung (also eine Entscheidung!) richtig für dich ist, ist, dir die Frage zu stellen **„Werde ich mich heute Abend ärgern …".** Wirst du dich heute Abend ärgern, dass du nicht für das Klassensprecheramt kandidiert hast? Wirst du dich heute Abend ärgern, dass du Kiki nach ihrem Reitunfall nicht besucht hast? Wirst du dich heute Abend ärgern, die Chance für eine Versöhnung nicht genutzt zu haben? Wenn du diese Frage mit ‚Ja' beantwortest, dann nichts wie sofort los und **„Ich hab's mir anders überlegt …".** Es ist wirklich sehr, sehr selten im Leben echt zu spät für eine bessere Entscheidung.

Gute Entscheidung

Wie findest du nun heraus, was du brauchst, ohne erst hinterher klüger zu sein? Und woher weißt du, dass du die richtigen Entscheidungen triffst? Schau dir mal deine Entscheidungen an, mit denen du im Nachhinein zufrieden oder unzufrieden warst. Also, zum Beispiel bist du total glücklich, dass du die Klasse gewechselt hast. Oder du bist froh, dass du mit Felix Schluss gemacht hast. Aber du fühlst dich schlecht, dass du deine Reitstunden aufgeben hast, um mehr Zeit für deine Clique zu haben.

Überlege dir:

- Warum bist du zufrieden mit einer Entscheidung?
- Warum bist du unzufrieden mit einer anderen Entscheidung?

Also, der Klassenwechsel war genau richtig, weil du deiner neuen Lehrerin viel mehr vertraust. Mit Felix Schluss zu machen war gut, weil es dir viel zu wenig ist, ihm immer nur beim Daddeln auf dem Smartphone zuzuschauen. Das Reiten aufzugeben war dumm, weil dir deine Pferde fehlen. Du merkst, was du wirklich brauchst, ist:

- zu Menschen Vertrauen haben können.
- aktiv sein, etwas unternehmen.
- der Umgang mit Tieren.

Wenn du herausfindest, warum es dir mit der einen Entscheidung gut geht und mit der anderen nicht, hast du viel erreicht. Beim nächsten Mal fällt es dir dann schon viel leichter, eine richtige Entscheidung zu treffen.

Top und Flop: deine besten und schlechtesten Entscheidungen. Was sind deine „Top 3", deine besten Entscheidungen, und warum?

1. ....
2. ....
3. ....

Was sind deine „3 Flops", die schlechtesten Entscheidungen deines bisherigen Lebens?

1. ....
2. ....
3. ....

Die große Sonne

Willst du Klarheit zu deinen Problemthemen finden (z. B. Freund, Freundin, Clique, Schule, Eltern, Sport, Geld, Styling, Body, Musik, Partys, Mofa etc.), male eine dicke Sonne mit sechs Strahlen. Im Bauch der Sonne steht „Ich brauche …". Schreibe in den Bauch alles das, was du brauchst, zum Beispiel Vertrauen haben, erfolgreich sein, Zeit selbst bestimmen, unabhängig sein, Abwechslung haben, mich in meinem Körper gut fühlen etc.

Gib jedem Sonnenstrahl einen Namen, zum Beispiel Schule, Familie, Freunde, Körper, Seele, Geld. Dann schreibe an jeden Strahl die Frage, die dich zu diesem Thema gerade beschäftigt, zum Beispiel „Tut mir die neue Clique gut?" oder „Ist mein Freund der richtige?" oder „Soll ich in meiner Freizeit noch ein neues Instrument lernen?"
Schau, was dir der Bauch der Sonne zu deinen Fragen sagt: Inwiefern tust du mit deiner Entscheidung (bei ihm bleiben, andere Clique suchen) etwas für oder gegen die Dinge, die du am meisten brauchst? Triff Entscheidungen so, dass sie dir etwas von dem geben, was du brauchst.

Lerne dein inneres Team kennen!

Hast du bei manchen Entscheidungen schon gemerkt, dass es nicht nur zwei Seelen in deiner Brust gibt, sondern es in dir selbst noch viel mehr Meinungen gibt? Das hat nichts mit Schizophrenie oder einer multiplen Persönlichkeit zu tun. Der bekannte Kommunikationsforscher Friedemann Schulz von Thun hat sich angeschaut, was bei den einfachsten Entscheidungen passiert. In Sekunden läuft da nämlich ein ganzer Film mit vielen Beteiligten ab – und das in deinem Kopf! **Eine sogenannte Entscheidungsschwäche kann also eine Folge davon sein, dass in dir viele ganz schön starke Teile mitreden wollen!**

Stell dir folgende Situation vor: Erster Tag nach den Ferien, eine neue Mitschülerin ist in der Klasse. Deine Lehrerin fragt am Ende der Stunde, wer der Neuen mal hier in der Schule alles zeigt. Ihr alle seid aufgefordert, eine Entscheidung zu treffen, nämlich: „Melde ich mich oder melde ich mich nicht?" Die Sekunden vergehen, alle schauen verlegen sonst wohin, keiner meldet sich.
Wie ist deine Reaktion, welche Gedanken gehen dir durch den Kopf? Schreibe sie hier auf, bevor du weiterliest.

Wahrscheinlich sind einige der folgenden Sätze dabei:

- Ist die ein Baby?
- Eigentlich sollte ihr ja jemand helfen!
- Wie die sich anzieht, mit der will sich keiner blicken lassen.
- Wenn ich mich um die kümmere, hab ich sie ständig an der Backe.
- Mensch, sind wir echt so eine herzlose Klasse?
- Also gut …

Wenn du den „Teilen" von dir, die diese Sätze denken, mal einen Namen gibst, wie könnten sie heißen? Da treten auf:

- Miss Tough Enough
- Die Hüterin der Moral
- Ätz-Tussi
- Miss Liberty
- Der Helikopter – Durchblick garantiert
- Die Barmherzige

Sie alle zusammen sind dein inneres Team und wie in jedem Team gibt es da Leise und Laute, Zurückhaltende und Dominante. Schau mal drauf, wer von deinen inneren Teammitgliedern am häufigsten die Hauptrolle hat. Trotz großer Klappe ist sie in manchen Situationen womöglich eine echte Fehlbesetzung! **Dann hol mal als gute Regisseurin eine der anderen auf die Bühne und gönne der Hauptdarstellerin eine Pause.** Das hilft auch, wenn zum Beispiel die „Rächerin" in dir sofort auf die Bühne springt und rumbrüllt, weil deine Schwester mal wieder an deinen Klamotten war. Oder wenn das „liebe Mädel" in dir es mal wieder zu schnell allen recht machen wollte. Führe sie vor deinem inneren Auge sanft hinter die Kulissen – zum Zuschauen. Dann lass den „Klugen Kopf" vortreten und sagen: **„Moment. Ich hab mir das überlegt …".**

Dein Bauch weiß es schneller

Oft weiß es dein Bauch schneller als dein Kopf und dann stehst du vor der Frage: Wer hat denn nun eigentlich recht? Ganz ehrlich: Das ist nicht leicht zu sagen und kommt auf die Situation an. Manchmal ist es gut, dass der Verstand alles regelt und du dir mit „Vernunftentscheidungen" deine Zukunft nicht verbaust (also lieber deine Schulausbildung beendest, statt darauf zu bauen, dass Serien gucken ein Ausbildungsberuf wird:-)).

Manchmal ist es gut, deinem Gefühl zu folgen und das zu tun, was dich innerlich hält und stützt (zum Beispiel deiner Freundin den üblen Fehltritt zu verzeihen und wieder eine beste Freundin zu haben).

Wenn du darauf achtest, wie es dir in der Situation geht, in der du die Entscheidung treffen sollst, merkst du leichter, ob es für dich eine gute Entscheidung ist. Bist du …

- … ruhig oder angestrengt?
- … fröhlich oder ernst?
- … klar oder ganz wirr im Kopf?
- … voller Energie oder erschöpft?

Wie du dich fühlst, ist ein guter Hinweis darauf, ob du für dich die richtige Entscheidung triffst. Also: Fühlst du dich angestrengt, ernst, wirr, erschöpft, weiß dein Bauch wahrscheinlich mehr über das, was du wirklich brauchst, als dein Kopf denkt. Fühlst du dich ruhig, fröhlich, klar und fit, ist deine Entscheidung wahrscheinlich genau die richtige.

Dein Bauch war bei deinen „Top 3" und „3 Flops" dabei

Erinnere dich an deine Gefühle … Nimm noch mal deine „Top 3" und deine „3 Flops": Im Nachhinein, was sagte dir dein Bauch?

Eine meiner „Top 3", eine der besten Entscheidungen:

....

So habe ich mich bei der Entscheidung gefühlt:

....

Eine meiner „3 Flops", meiner schlechtesten Entscheidungen:

....

So habe ich mich bei der Entscheidung gefühlt:

....

Besser eine schlechte Entscheidung als keine Entscheidung

Viele Chefs sehen die Sache übrigens so: Besser, du hast dich entschieden und etwas gemacht, anstatt nur gegrübelt, bis dir jemand anders die Entscheidung abgenommen hat. Beispielsweise fände es dein Chef im Restaurant sicher gut, wenn du als Aushilfskellnerin dem Gast, der sich zu Recht über die lange Wartezeit beschwert, spontan einen Kaffee „aufs Haus" anbietest, anstatt erst in der Küche nachzufragen, ob du das darfst. **Nach dem Motto „gesunder Menschenverstand" sind Entscheidungen willkommen und zeigen, was du draufhast.**

Aber, Achtung! Eigenmächtige Entscheidungen sollten sich mit geltenden Gesetzen und den üblichen Regeln vertragen: also keine Rambo-Alleingänge mit falschen Altersangaben oder finanziellem Risiko!

Schlaue Kartoffeln

Mittwochnachmittag ins Ballett oder ins Kino und du weißt nicht, was tun? Prima Entscheidungshelfer bei Entweder-oder-Fragen sind die schlauen Kartoffeln: Wirf mal drei Kartoffeln in die Luft.

Wenn sie dann auf dem Boden gelandet sind, schaust du dir das Muster an, das sie bilden. Aus dem Bauch raus – welche Kartoffel bist du selbst, welche Kartoffel ist Ballett, welche ist das Kino? Schau dir jetzt mal deine Benennung an: Welche Kartoffel (Ballett oder Kino) liegt näher zu dir? Kann das heißen, sie steht dir näher?

Welche Kartoffel schaut deine Kartoffel („Du") mit ihren Kartoffel-Augen an? Kann es sein, dass deine Sehnsucht dahin geht, wo du hinschaust? Überlege selbst, was das für deine Entscheidungsfrage heißen kann. Hast du gerade keine Kartoffeln zur Hand, nimm Stifte, Gummibären, Steine oder Muscheln am Strand. Wichtig ist nur, dass du die „Blickrichtung" vorher festlegst, zum Beispiel die Bleistiftspitze ist das Gesicht oder die Maserung der Steine zeigt die Augen.

Münze werfen?

Soll ich, soll ich nicht …? Wenn alles nichts hilft und du dich nicht entscheiden kannst: Wirf eine Münze, mache es abhängig davon, ob deine Freundin heute einen Rock oder eine Hose trägt, lass die Bäckersfrau entscheiden … Wenn du es wirklich nicht weißt oder es wirklich egal ist, geht das auch. Meistens merkst du dann „Ja, das ist das Richtige" (weil du gehofft hast, dass der Zufall so entscheidet) oder „Nein, ich probier es noch mal" (weil du weißt, das ist es nicht). **Manchmal hilft denken nicht weiter, dann heißt es einfach etwas tun …**

VIELE GUTE ZIELE

Das hört sich doch gut an: Wenn du weißt, was du willst, triffst du auch die richtige Entscheidung. Doch dein Ziel erreichst du nur, wenn du es präzise formulierst und es zu dir passt. Und das erfordert etwas Übung. Gut formulierte Ziele sind beispielsweise:

- Nach dem 2. Halbjahr im Zeugnis einen Notendurchschnitt 2,0 haben.
- Beim Tennisturnier im Herbst unter den ersten drei in deinem Verein sein.
- Bis zum Abendessen die Hausaufgaben fertig haben.

So genau hast du das bisher vielleicht gar nicht beschrieben. Vielleicht hältst du es eher wie mit den guten Vorsätzen wie an Silvester …

- Ich will nicht mehr so viele Süßigkeiten essen.
- Ich will bei den Hausaufgaben weniger trödeln.
- Ich will nicht mehr so viel lästern.

… und du kennst auch das Ergebnis: Nach kurzer Zeit gibt es tausend Gründe, sich nicht mehr daran zu halten – nach dem Zoff mit deiner Mutter musstest du einfach wieder eine ganze Tafel Schokolade essen und die Matheaufgaben haben so genervt, dass du erst mal schauen musstest, welchen neuen Nagellack deine Lieblingsbloggerin bei Youtube empfiehlt. Das mit dem Lästern hattest du schnell wieder vergessen, als Celine schon den vierten Tag hintereinander das Polyesterteil trug (müffel …).

Wenn du dir statt vieler guter Vorsätze mal wenige gute Ziele setzen willst, findest du hier ein paar kleine Helfer, diese Ziele zu erreichen. Die brauchst du, wenn du etwas wirklich erreichen willst, also wenn du zu einem bestimmten Zeitpunkt sagen willst: „Ich habe das geschafft!"

Spotlight auf deine Ziele

Schreibe hier einmal drei deiner Ziele auf, die du genauer betrachten willst.

1. ....
2. ....
3. ....

Weg mit den „Nicht-mehr"- und „Noch-mehr-machen"-Zielen!

„Ich will nicht mehr so viele Süßigkeiten essen!", „Ab sofort trödle ich weniger bei den Hausaufgaben rum!" – das sind richtige Runterzieher und als Ziele leider komplett ungeeignet. Warum?

Ganz einfach:

Denke jetzt mal bitte nicht an einen rosa Elefanten! Was passiert? Du denkst gerade daran. Unser Gehirn ist nicht dafür gemacht, an etwas nicht zu denken. Was also passiert? Du denkst die ganze Zeit an Schokolade oder daran, dass du eine Trödeltante bist. Und ehrlich gesagt: Beide Gedanken sorgen nicht gerade dafür, dass du motiviert dein Ziel anpackst!

Auch die „Noch-mehr-machen"-Ziele sind Mogelpackungen. Sprüche wie „Wir sollten mehr Sport treiben" oder „Ich sollte mehr für die Schule lernen" sorgen nie für das Supergefühl, dein Ziel wirklich erreicht zu haben. Mit „Noch-mehr-machen"-Zielen klaust du dir systematisch den Kick, es geschafft zu haben.

Also formuliere dein Ziel positiv:

„Ich werde joggen gehen."

„Ich werde konzentriert an meinen Aufgaben arbeiten."

Positive Ziele

Nimm jetzt deine soeben notierten Ziele und formuliere sie um. Achte darauf, sie positiv zu beschreiben. Begriffe wie „nicht“, „weniger“, „kein“ sind dabei tabu!

1. ....

2. ....

3. ....

Formuliere deine Ziele unbedingt SMART!

Bevor du dich am Ziel sehen kannst, brauchst du eine präzise Zielformulierung – einige Beispiele hast du schon kennengelernt. Hierfür muss deine Zielbeschreibung auf den SMART-Prüfstand. Die Frage lautet: Ist dein Ziel **S**pezifisch, **M**essbar, **A**mbitioniert, **R**ealistisch, **T**erminiert?

Spezifisch heißt, es ist konkret, nicht allgemein: „Zwei Mal die Woche joggen gehen“ ist spezifisch; „Sport machen“ ist zu allgemein.
Messbar heißt, du kannst prüfen „Das habe ich erreicht“ oder „Das habe ich nicht erreicht“. „Eine Zwei schreiben“ ist messbar. „Tausend Meter in vier Minuten laufen“ auch.
Ambitioniert heißt, du darfst die Messlatte schon etwas höher hängen und solltest dich beim Zielerreichen schon etwas anstrengen müssen.
Realistisch bedeutet dabei, für dich – und nur für dich – ist die Messlatte so hoch wie möglich, aber so niedrig wie nötig.
Terminiert heißt, du nimmst dir vor, dein Ziel zu einem bestimmten Zeitpunkt erreicht zu haben, egal, ob Stunde, Tag oder Jahr.

Du kannst dir Ziele langfristig (z. B. Abschlussnote) oder auch nur bis heute Abend setzen (z. B. Hausaufgaben).

Wenn du dein Ziel klar formuliert hast, kannst du Maßnahmen einleiten, es auch zu erreichen. Vorher solltest du noch mal prüfen, ob du das, was du dir als Ziel gesetzt hast, auch wirklich willst, und ob es etwas ist, für das du viel tun musst. Oder ob du es „mit links schaffst" …

Keine Ziele, aber gut für dich: Rituale

Die Dinge, die du ohne große Anstrengung schaffst, sind keine Ziele im eigentlichen Sinn. Vielleicht möchtest du …

- … morgens fünf Liegestütze machen.
- … zwei Stücke Obst am Tag essen.
- … mit dem Fahrrad statt mit dem Bus zur Schule fahren.
- … vor den Hausaufgaben fünfzehn Minuten gute Musik hören.
- … abends im Bett eine halbe Stunde lesen.

Viele deiner Vorhaben taugen prima als kraftspendende Rituale. Das sind all die regelmäßigen Ich-tue-mir-etwas-Gutes-Streicheleinheiten nur für dich. Rituale helfen, einen Tag gut anzufangen oder gut enden zu lassen oder sich zwischen Stress und Stress ein bisschen Ruhe zu gönnen. Wichtig ist, dass du sie mit dem Wissen genießt „Das tu ich jetzt für mich". Und es ist nicht schlimm, wenn du dein Ritual mal an einem Tag nicht einhältst – es ist ja keine Routine, keine Pflicht. Nur du selbst solltest dein Ritual wählen, wenn es ein anderer für dich aussucht, funktioniert es nicht: Statt eines Rituals hast du dann eine Pflichtübung!

Schreibe dir deine persönlichen fünf Rituale auf, führe sie regelmäßig durch und betrachte sie als kleines Geschenk an dich selbst. Du wirst merken, mit Ritualen sorgst du ganz automatisch dafür, dass du Dinge tust, die dir guttun. Probier es aus!

WIE GUT schaffst du alle Hürden bis zu deinem Ziel?

Du hast dein SMARTes Ziel formuliert. Jetzt musst du dafür sorgen, dass du einen (deinen richtigen) Weg gehst, der dich zu diesem Ziel bringt. Und das geht nur, indem du etwas dafür tust (remember: Dinge, die du ohne Anstrengung schaffst, sind keine Ziele …). Nun gibt es auf dem Weg zum Ziel diverse Hürden, die dich stolpern oder sogar in deinem Vorhaben scheitern lassen können. Mit der WIE GUT Checkliste kannst du prüfen, ob du es wirklich ernst meinst.

W wie „Wow-Faktor"

- Du findest, es sieht klasse aus, wie deine Freundin Snowboard fährt.
- Deiner Meinung nach ist Chinesisch die Sprache der Zukunft.

Ganz klar, du findest das Ziel attraktiv, das ist wichtig, um es ernsthaft anzugehen. Ganz anders wäre es, wenn dir beim Snowboardfahren nur blaue Flecken einfallen und du Chinesisch für Bilderrätsel hältst :-): Fehlanzeige, das Ziel wirst du nie erreichen, es kommt ja nicht mal über die „Attraktivitäts"-Hürde!

I wie „Ich will das auch!"

- Du kannst dir vorstellen, selbst auf dem Brett zu stehen.
- Du weißt, du bist Asienfan und sprachlich begabt.

Du merkst: Das ist etwas für mich! Du findest es nicht nur zum Anschauen attraktiv, sondern du interessierst dich ernsthaft dafür und du merkst: Das will ich machen! Manchmal steigst du auch auf dieser Stufe aus und sagst: „Lass mal gut sein, Snowboard fahren ist etwas für die Speedfreaks, ich hab es lieber gemütlicher." Du weißt selbst, dass du das nie im Leben ernsthaft betreiben wirst, also musst du es auch gar nicht wollen. Du verweigerst vor der „Wollen"-Hürde!

E wie „Ehrlich zu dir selbst?"

- Alle coolen Menschen fahren Snowboard, willst du es nur deshalb?
- Chinesisch lernen, das macht sonst keine … willst du etwas ganz Besonderes sein?

Die große Frage: Ist dein Ziel nur Show, um cool zu wirken oder Eindruck zu schinden, oder steckt mehr für dich dahinter? Hut ab, wenn du auf dieser Stufe erkennst, dass dein Ziel eigentlich nur Mittel zum Zweck ist und du eigentlich Anerkennung oder anderes suchst. Dann gilt: Dreh besser vor der „Ich will eigentlich etwas ganz anderes"-Hürde um und nimm Anlauf für die Dinge, die du wirklich willst!

G wie „Gewusst wie!"

- Du weißt, dass es an deiner Schule eine Winterfreizeit mit Snowboardkurs geben wird, deine Freundinnen fahren mit und es sind noch Plätze frei.
- Deine Mutter kennt eine Chinesin, die Sprachunterricht anbietet.

Prima! Du weißt, wie es geht, deinem Ziel einen Schritt näher zu kommen. Du weißt, was zu tun ist, und hast schon Grundlagen, auf die du zurückgreifen kannst. Wenn du dieses Wissen nicht hast, sorge dafür, dass du es bekommst. Ohne dass du weißt, wie du es anstellst, kommst du mit deinem Ziel nicht über die „Wissens"-Hürde!

U wie „Und los!"

- Du fährst mit Pia und Hannah in die Berge.
- Du meldest dich zum Chinesischunterricht an.

Glückwunsch, du hast einen wichtigen Sprung gemacht, nämlich losgelegt. Damit hast du die „In Aktion treten"-Hürde geschafft. Du hast es also getan, aber bist du schon am Ziel? Ein Sprung fehlt noch, damit es keine Eintagsfliege wird …

T wie „Total dabei!“

- Du fährst auch am zweiten Tag (mit Muskelkater und blauen Flecken) auf den Berg.
- Du schwänzt keine Stunde, auch wenn die Schwimmbadsaison beginnt.

Bleibst du jetzt nicht am Ball, dann war das Ganze nichts wert. Dranbleiben heißt die Maxime, auch wenn’s manchmal echt schwerfällt. **WIE GUT** du bist! Klasse! Du kannst Snowboard fahren, Chinesisch sprechen! Herzlichen Glückwunsch, Ziel erreicht! Jetzt heißt es unbedingt den Erfolg feiern!

Unbedingt Erfolge feiern

Du hast es geschafft, in deinem Bibberfach Mathe eine glatte Zwei zu schreiben – und schon kommt ein kleiner Miesepeter in deinen Kopf, der sagt: „Nicht der Rede wert, die Arbeit war diesmal echt easy …“ Schade drum! Mache doch deinen tollen Erfolg nicht kleiner, als er ist!

Belohne dich, feiere ordentlich:

- Für die Zwei in der Matheprüfung gönnst du dir einen Eisbecher XXL.
- Nach dem harten Lernmarathon gehst du auf das Stadtfest.
- Nach der Versöhnung mit deiner Freundin macht ihr einen Kuschelnachmittag mit eurer Lieblingsserie.
- Für dein super Zeugnis lässt du dich von deinen Eltern in dein Lieblingsrestaurant ausführen.

Am besten, du planst deine Erfolgsparty schon, wenn du dir dein Ziel setzt.

Päckchen packen

Eins nach dem anderen lautet die Devise! Vielleicht kennst du den Gedanken: Was ich alles machen wollte und nicht angefangen habe: Den Herrn der Ringe lesen, Englisch-Sprachferien buchen, endlich einen Job als Haustierbertreuerin finden, Klassenparty organisieren … Schreibe alle aktuellen Vorhaben auf eine Liste. Jetzt nimm dir drei raus, die du diese Woche anpacken wirst. Das ist Päckchen No. 1. Nur drei Dinge statt dreißig – die anderen fasst du erst mal nicht aktiv an, verboten!

Nächste Woche packst du Päckchen No. 2, wieder drei Dinge, die du anpackst. Vielleicht stellst du fest, dass sich wie von Zauberhand einige Listenbewohner von allein erledigen. Freu dich darüber!

Zusammen seid ihr stark

Vielleicht wirst du merken, du brauchst mehr Helfer für den Alltag, mehr konkrete Anweisungen, um deine Ziele zu erreichen. Und da helfen nur Anfangen und Durchhalten (remember: WIE GUT!) und die folgenden Tipps. Leichter fällt es auch, wenn du dich mit deiner Freundin zusammentust, wo immer es geht: gemeinsam zum Modern Dance-Training, zu zweit im Programmierkurs, als Clique engagiert im Tierschutzverein … Wo dies nicht geht, unterstützt ihr euch auf andere Art: Erzähl deiner Freundin, was du diese Woche vorhast. Vereinbart zum Beispiel als Morgenritual auf dem Schulweg, über eure Ziele und Erfolge zu sprechen. Oder schickt eine Nachricht, wann immer ihr eine Aufgabe erledigt habt. Lobt euch und klopft euch gegenseitig auf die Schulter, und das bitte ohne Neid und Missgunst. Es geht ums gegenseitige Anspornen und Mitfreuen – und darum, eure Ziele zu erreichen.

ZIELBLÜTE 2

Du hast über Entscheidungen gegrübelt, bis der Kopf rauchte? Du hast an Zielen gefeilt, bis sie passten? Und wieder hast du eine Etappe geschafft. Ziele und Entscheidungen! Wenn es um Ziele und Entscheidungen geht, verschwinden auch viele Erwachsenen gerne, um lieber den Müll wegzubringen, als darüber nachzudenken, was sie eigentlich wollen und wie sie das anpacken :-). Du hast du schon wieder viel ausprobiert und erkannt.

Sei stolz auf dich und denke an die wichtigsten Punkte:

1. Du, genau du, kannst erreichen, was du dir vornimmst. Ganz sicher.
2. Manche Aufgaben im Leben sind glibberige Frösche, du kannst sie aber zum Prinzen küssen.
3. Was du dauerhaft brauchst, ist dir wichtiger, als was du gerade eben willst.
4. Anti-Zöger-Zauber: „Werde ich mich heute Abend ärgern?"
5. Was du schwarz auf weiß vor dir hast, vernebelt dir nicht das Hirn.
6. Kenne dein inneres Team und übernimm die Regie darin.
7. Dein Bauch weiß es schneller!
8. Besser eine schlechte Entscheidung als keine Entscheidung.
9. SMARTe Ziele kannst du erreichen, „Nicht-mehr-machen"- und „Noch-mehr-machen"-Ziele mit Sicherheit nicht.
10. WIE GUT du den Lauf über alle Hürden zum Ziel läufst!
11. Plane von Anfang an deine Erfolgsparty!
12. Suche dir Verbündete auf dem Weg zum Ziel. Zu zweit geht es leichter und macht mehr Spaß.

Alltagstrouble, Alltagstraining

Jeder Tag ist gleich und doch immer anders, mal läuft alles ganz easy, mal hast du Riesenärger an der Backe. Meistens regelst du das alles ganz prima, aber oft genug fragst du dich auch, wie du all den Anforderungen an dich gerecht werden sollst. Sprich: wie du deinen Alltag geregelt kriegst. Da ist die ewige Streiterei mit deiner Schwester, die an dir nagt und dich nervt. Da ist der süße Typ und dein erstes Date und du bist mega-aufgeregt. Da rennt deine Zeit und du hast immer noch nicht alle Hausaufgaben geschafft. Da ist der Stress mit dem Geld, das einfach immer weg ist. Da sollst du lernen, lernen, lernen und weißt nicht, wie du dich aufraffen und motivieren sollst. Da sollst du ein Referat halten und fragst dich, wie rangehen ... Und alle anderen kriegen das ganz locker hin, Theresa hat sowieso den Masterplan fürs Leben und bestimmte Dinge „macht man so", finden deine Eltern.
Aber: So individuell du bist, **so individuell sind auch die Lösungen für deinen Alltagstrouble.**
Vielleicht kennst du jemanden, der sich mit dir gemeinsam hinsetzen mag, um Ansätze und Lösungen gegen deinen Stress zu überlegen. Es ist klug, andere zu fragen, seien es deine Eltern, deine Freundin oder ältere Geschwister. Ganz sicher findest du aber auf den folgenden Seiten hilfreiche Strategien und Übungen für dich, nach dem Motto: „Ach, so geht das!" Probiere es einfach mal aus und finde heraus, was davon zu dir passt, was für dich funktioniert und was nicht.
Fragen ist gut, Selbermachen ist besser. **Woher sollst du wissen, was zu dir passt, wenn du es nicht ausprobierst?**

STREITBEREIT UND KONFLIKTGESCHICKT

„Du bist nicht mehr meine Freundin" – „Doofe Zicke, blöde Kuh!" – „Mit dir will ich nichts mehr zu tun haben". Streiten ist Teil des Lebens und kommt zwischen den besten Freundinnen, in der Familie und in der Clique vor. Meist ist er für alle Beteiligten unschön. Doch immer nur Friede, Freude, Eierkuchen ist auch nicht das Wahre. Und: Meinungsverschiedenheiten müssen nun mal ausgetragen und diskutiert werden. Deshalb haben dich deine Eltern nicht weniger lieb, deshalb muss nicht gleich Schluss mit deiner Freundin sein, deswegen ist das in der Klasse noch lange kein Mobbing.

Nachdem die rauchenden Köpfe abgekühlt sind, ist es die Kunst, zu erkennen, was eigentlich hinter dem Streit steckt, und ihn so auszutragen, dass er beigelegt werden kann – sprich, sich wieder zu versöhnen. Die Profis nennen das „Konfliktlösungstechniken anwenden".
Lösung statt Streit? Dazu musst du erst mal bereit sein! Wenn du deiner Freundin am liebsten Warzen anhexen möchtest oder deinen Typen ins Pfefferland wünschst, bist du noch nicht so weit: Erst muss einmal der Dampf raus. Danach bist du bereit für Lösungen und kannst vielleicht sogar die andere Seite verstehen. Und so geht's:

Erste Hilfe bei Konflikten

Du willst die sturmfreie Bude genießen, dein Bruder schleppt seine halbe Fußball-Mannschaft nach Hause. Du willst Schülervertreterin werden, Carla auch. Du willst Party machen, deine Eltern sagen: „Zu Hause bleiben. Lernen". Du findest eine Zwei gerecht, dein Lehrer gibt dir eine Vier. Das sind mögliche Stoffe für Konflikte zwischen Personen, ganz klar, weil es hier (wenigstens zwei) unterschiedliche Meinungen oder Interessen gibt. Bevor du die stundenlang ausdiskutierst, fühlst du nur einfach: Ärger. Und der will raus.

Kocht da nur ein kleines Ärgernis in dir (deine Schwester hat sich, ohne zu fragen, deinen Mini ausgeliehen; dein Lehrer brummt dir eine satte Zusatzaufgabe auf; dein Freund hat dich mittags versetzt), findest du das zwar doof und gemein, aber dein Kopf kann noch denken. Für diese Fälle hilft: sofort und direkt per Ich-Botschaft ansprechen. **Sage, was dich stört, und sage, was du willst:** „Du hast, ohne zu fragen, meinen Mini genommen. Ich finde das nicht okay. Ich will, dass du mich fragst, bevor du etwas leihst, und zwar immer! Ich hoffe, du hast das verstanden." In solch einer Situation darfst du zu Recht sauer sein und das darf deine Schwester auch sehen, hören, fühlen. Denn deine Emotion ist nicht allein unterwegs, dein klarer Kopf macht ja eine klare Ansage, was du zukünftig willst.

Ganz anders sieht es aus, wenn du schon zum fünften Mal deiner Schwester verboten hast, an deine Sachen zu gehen, dein Lehrer immer nur dir die Zusatzaufgaben reindrückt und dein Freund dich schon zum dritten Mal in dieser Woche stehen lässt. Wenn jetzt die Emotionen Wut, Ärger, Enttäuschung in dir ihr Süppchen kochen, ist dein Hirn erst mal zu nix zu gebrauchen. Zu laut schreit es in dir nach Rache, Vergeltung, Vernichtung. Was tun? **Erst einmal tief durchatmen und Dampf ablassen.** Entweder körperlich: Renne eine Runde durch den Wald, boxe gegen einen Sandsack oder ein Kissen – verausgabe dich richtig. Oder im Gespräch mit jemandem, der dir zuhört. Lass deinen Dampf dort ab (aber nicht deine Wut an ihm oder ihr aus!).
Hier hat all das „so eine doofe Kuh, so ein Armleuchter, so ein Depp" seinen Platz und auch deine Tränen sind hier gut aufgehoben. **Dann schlafe eine Nacht drüber, versprochen?**

- Hau nicht ab, wenn sich jemand mit dir streiten will. Stell W-Fragen. Die klären die Sache.
- Brüllen, übertreiben, beschimpfen mögen sich gut anfühlen, bringen dich aber nicht weiter.
- Keine Auch-Beweisführungen („Dina findet dich auch langweilig“, „Die anderen dürfen aber auch so lange weg“). Sie provozieren unsachliche Diskussionen, die zu keinem Ergebnis führen.
- Sage, worüber du dich ärgerst. Wer immer alles runterschluckt, wird irgendwann krank davon oder explodiert vor Wut.
- Wähle den richtigen Zeitpunkt! Also überfalle deine Eltern nicht nach einem anstrengenden Arbeitstag, sondern warte, bis ihr nach dem Abendbrot ausreichend Zeit füreinander habt. Verabrede dich mit deiner Freundin lieber für nachmittags, statt das Streitgespräch in der Pause zu führen.
- Sprich nur aktuelle Probleme an. Aufgewärmt = nachtragend.
- Höre zu, was der andere dazu sagt, und signalisiere, dass du es verstanden hast, auch wenn du selbst die Dinge anders siehst.
- Nutze Ich-Botschaften, also nicht: „Du hast mich belogen“, sondern: „Ich bin verletzt und traurig.“
- Führe keine gedankliche Negativliste, auf der du alles notierst, was dich an dem anderen stört oder worüber du dich geärgert hast, nach dem Motto: „Bei 100 Punkten gibt es Zoff“.
- Bist du oder seid ihr zu sehr in Wut und Rage geraten, schlaft einmal drüber und verschiebt euer Gespräch auf den nächsten Tag.

Ene mene miste, welcher Streittyp biste?

Wenn es darum geht, Streit zu bekommen oder auch wieder beizulegen, nehmen Menschen oft für sie typische Rollen ein. Schau mal anhand der folgenden Beispiele, welcher Satz dich am besten beschreibt. Zähle dann je deine A)-, B)-, C)- bzw. D)-Antworten zusammen. Welcher Buchstabe überwiegt? Lies nach, was das über dein Streitverhalten aussagt.

Du babysittest bei den Nachbarn. Die fünfjährigen Zwillinge haben sich in den Haaren: „Ich will da sitzen, nein ich."

A Du schlichtest den Streit.
B Du lässt sie einfach machen.
C Du sagst ihnen, dass sie ja wohl dämliche Babyprobleme haben.
D Du fragst sie, wie sie das wohl selbst lösen können.

Deine Mutter kommt keifend mit einem Putzauftrag. Du hörst nur „Saustall, Schlampe, Unverschämtheit ..."

A Du sagst, du wirst dein Zimmer gleich aufräumen.
B Du schaltest die Ohren auf Durchzug.
C Du knallst die Tür zu und schreist: „Ich bin auch nicht deine Putze."
D Du sagst, dass du verstehst, was sie meint, aber so nicht behandelt werden magst.

Zoff in der Bude. Du willst das Laptop benutzen, deine kleine Schwester auch.

A Du lässt sie zuerst ans Laptop, danach machst du deins.
B Du überlässt ihr das Laptop ganz, war eh nicht so wichtig.
C Du schmeißt sie raus: „Geh Puppen spielen."
D Du erinnerst deine Schwester an die Regel, dass sie immer spielen darf, wenn du mit Hausaufgaben fertig bist.

Viele A) können bedeuten, dein Motto ist: „Ich kläre das!". Du bist vernünftig und setzt dich ein. Du übernimmst Verantwortung. Aber Achtung: Du musst nicht immer diejenige sein, die das tut. Du bist nicht die Retterin der Nation. Durch permanentes Helfen machst du andere schnell hilflos (siehe: Dein Vater kann nur deshalb nicht einmal ein Spiegelei braten, weil deine Mutter immer für euch kocht!:-)).

Viele B) sagen, deine Einstellung ist: „Nur nicht bewegen, Sturm zieht vorbei". Recht effizient. Aber manchmal ganz schön einseitig. Wann und wo lohnt es sich, für deine Interessen einzutreten? Verpasse diese Momente nicht!

Viele Antworten bei C) sagen, dein Motto ist „Eins, zwei, drei, Zoff herbei". Du verstehst Dinge gerne als Machtkampf und fightest, was das Zeug hält. Und du hast sowieso recht. Du vermutest überall die gezückte Waffe. Entwaffnen geht aber so: auf den anderen zugehen, Arm ausstrecken, Waffenarm nehmen und an dir vorbeiziehen …

Viele D) zeigen: Du behältst im Streitfall einen klaren Kopf und denkst dabei auch an dich. Du gibst anderen die Verantwortung für das, was sie zu verantworten haben. Glückwunsch!

Seelenmülltrennungsanlage

Streit mit deiner besten Freundin, mal wieder pleite, Ärger mit deiner Mutter wegen Zimmeraufräumen – garantiert nerven dich tausend Dinge. Schreibe sie auf und entscheide, wie wichtig sie wirklich sind. Mache dir eine Liste mit drei Spalten (oder drei entsprechend beschriftete Eimer) und teile deine Probleme in die drei Kategorien ein: Existenziell, Problem, Vergiss es. Kümmere dich um sie in dieser Reihenfolge: Streit mit deiner besten Freundin geht vor mal wieder pleite geht vor Ärger wegen Zimmeraufräumen. Du wirst sehen, die Seelenmülltrennungsanlage funktioniert und entspannt dich ungemein. Wie sortierst du folgenden Seelenmüll ein:

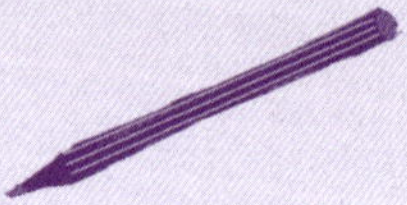

	Existenziell	Problem	Vergiss es
Du hast dich mit deiner besten Freundin verkracht.			
Ist es der da oder der da? Du kannst dich nicht entscheiden.			
Deine Freundin hat wegen ihm keine Zeit mehr für dich.			
Dein Lehrer hat dich heute vor der Klasse „ermahnt".			
Du weißt, die Englischarbeit wird ein Desaster.			
Du kannst den Text für deine Theateraufführung noch nicht.			
Deine Eltern sind sauer, weil du nicht, wie verabredet, um neun zu Hause warst.			

	Existenziell	Problem	Vergiss es
Dein Freund will mit dir schlafen, du willst noch nicht.			
Deine Freundin hat dir deinen Freund ausgespannt.			
Du wirst im Sommer nicht versetzt.			
Du kriegst im Zeugnis eine Fünf in Englisch.			
Deine Schwester hat deine Lieblings-Jeans zerrissen.			
Du findest, dein Busen könnte größer sein.			
Deine beste Freundin zieht in eine 400 km entfernte Stadt.			
Dein Freund hat Schluss gemacht.			
Du bekommst von deiner Mitschülerin das verliehene Geld nicht zurück.			
Deine Eltern streiten sich fast täglich.			
Du hast mitbekommen, dass in deiner Klasse ein Junge gemobbt wird.			
Ein Mädchen aus deiner Klasse hat ein Nacktfoto an ihren Freund geschickt und der hat es an alle in der Klasse gepostet			
....			

Win-win und Co.

„Ich will das aber!" – „Na gut, wenn du meinst …". Prinzipiell gibt es bei Streitigkeiten oder in Konflikten zwei Tendenzen in dir:

- Du orientierst dich mehr oder weniger an dem, was du willst.
- Du orientierst dich mehr oder weniger an dem, was der andere will.

Welche Tendenz überwiegt, hängt neben deinem Selbstbewusstsein auch immer davon ab, wie wichtig dir die Sache ist, wie die Macht verteilt ist etc.

Daraus ergeben sich fünf generelle Lösungen für einen Konflikt – wie gesagt, **es ist nicht so, dass dir alle Lösungen gefallen, aber sie lösen prinzipiell den Konflikt.** Auch wenn dir die Lösungen erst mal unsympathisch erscheinen („Weglaufen ist was für Weicheier"; „Keine Kompromisse!"), für manche Fälle sind sie genau richtig. Und das kannst du erkennen und nutzen.

1. Vermeiden: Klingt feige und bequem. Ist immer dann eine gute Strategie, wenn du das Gespräch schon gesucht hast und beim anderen kein Verständnis siehst. Dein Ex-Freund ruft dich täglich an, obwohl du ihm klargemacht hast, es ist Schluss. Beste Taktik: Nicht reagieren! Geh nicht dran. Antworte nicht. Meide Plätze, an denen er auftaucht. Er hört irgendwann auf.

2. Nachgeben: Warum denn das? Weil es manchmal nicht anders geht. Das zu erkennen ist die Kunst. Dein Lehrer gibt dir eine Fünf im Zeugnis. Da hilft kein Verhandeln, da hilft kein Bitten, da hilft kein Drohen. Es wird eine Fünf. Aber wir können ihn doch verklagen, denkst du vielleicht in deiner Wut. Vergiss es. Erkenne, dass dieses Kapitel abgeschlossen ist und im nächsten Jahr eine neue Chance, vielleicht mit einem neuen Lehrer, kommt.

3. Durchsetzen: Klingt tough, vielleicht auch unsympathisch. Immer dann angesagt, wenn dir etwas superwichtig ist und es für dich keine Kompromisse geben kann (zugegeben: Das ist recht selten im Leben). Du willst nicht ohne Verhütung mit ihm schlafen? Richtig so. Und da gibt es kein „Aber nur so ein bisschen". Genauso wenig, wie du davon nur so ein bisschen schwanger werden kannst.

4. Kompromiss: Jeder rückt von seinen Maximalforderungen ab. „Ich will bis Mitternacht auf der Party bleiben" – „Du bist um zehn zu Hause". In solchen Fällen klappt es ganz gut, sich in der Mitte zu treffen. Vorausgesetzt, deine Eltern machen das Spiel mit, und das tun sie nur, wenn du die Masche nicht täglich anwendest. Funktioniert also nur, wenn du an anderen Tagen eine klare Ansage annehmen kannst und damit zeigst, dass du auch mal nachgibst.

5. Win-win: Die gemeinsame Lösung bringt beide weiter. Der Königsweg der Konfliktlösung. Diesen Weg findet ihr nur, wenn ihr euch beide Mühe gebt, zu verstehen, was hinter der Position („Hier wird gegessen, was auf den Tisch kommt") des anderen steht. Stell öffnende Fragen: „Warum ist dir das wichtig?" Du wirst zum Beispiel rausfinden, dass deine Mutter Verschwendung hasst. Und dass sie keine Lust hat, ihre wenige Zeit mit dem Zaubern von Extrawürsten für alle Familienmitglieder zu verbringen. Wenn du weißt, worum es ihr geht, tun sich ganz neue Möglichkeiten auf: Wie wäre es damit, zusammen am Wochenende für die kommende Woche einen Essensplan zu entwerfen? So kriegst du, was du gerne isst, und deine Mutter muss weder verschwenden noch extra kochen.

Hard to say I'm sorry

Entschuldige dich, wenn du wirklich was verbockt hast. Mit Sätzen wie „Sorry, dass ich so ausgeflippt bin“ oder „Tut mir leid, das war nicht meine Absicht, dich dermaßen zu ärgern“ machst du den ersten Schritt und signalisierst deine Versöhnungsbereitschaft – und öffnest dem anderen die Tür, sich seinerseits zu entschuldigen. Das dauert manchmal aber auch noch ein bisschen. Dann lass ihm oder ihr Zeit. Eine erzwungene Entschuldigung macht mehr im anderen kaputt, als sie in dir Gutes tut … Es gibt verschiedene Formen, Entschuldigung zu sagen. Suche dir diejenige raus, die zur Situation und zu dir passt:

- Sich wieder die Hand geben. Ein altes Ritual, das zeigt: Ich habe keine Waffe mehr gegen dich in der Hand (und in modernen Zeiten: auch keine Munition auf der Zunge).
- Sich fest umarmen. Spricht für sich.
- Dem anderen etwas Gutes tun. Eine Tasse Tee kochen, die Spülmaschine ausräumen etc. Am besten, es hat einen Bezug zum Streitthema (z. B. Hausarbeit).
- Ein persönliches Geschenk machen. Muss einen Bezug zum Streit haben und im Rahmen sein. Nichts ist so peinlich wie ein überdimensioniertes Standardgeschenk (Jumbo-Pralinenbox für alle Fälle). Besser: ein Foto von euch „Streithennen“ aus guten Zeiten, eine Blume, ein Buch, eine Playlist mit Gute-Laune-Songs.

FLIRTFIT

Mit einem süßen Jungen Kontakt aufzunehmen und ins Gespräch zu kommen ist nicht immer so leicht, wie alle tun – vor allem, wenn du heimlich verliebt bist oder dein Schwarm dich einfach ignoriert. Natürlich helfen dir grundsätzlich dein sicheres Auftreten und deine selbstbewusste Ausstrahlung, um bei anderen zu landen. Im Übrigen muss es auch nicht immer ein toller Typ sein, mit dem du flirtest, sondern genauso gut die nette Nachbarin von nebenan – oder du selbst. **Richtig gelesen: Flirte mit dir selbst,** zwinker dir im Spiegel zu, schau dir in die Augen, verführe dich, klopf dir auf die Schultern, finde dich toll, dann finden dich auch andere sympathisch und überzeugend. Klar ist das leichter gesagt als getan … Hilfe kommt in Form der folgenden Tipps: Übe sie allein oder mit deiner besten Freundin, so lange, bis du sicher bist und alles draufhast.

Menschen, die Blickkontakt suchen, werden auch von anderen mehr wahrgenommen. Eine gute Voraussetzung für jeden Flirt, egal, ob mit Junge oder Mädchen.

- Suche Blickkontakt zu deiner Lehrerin, wenn du eine Frage stellen möchtest. Blicke sie an, während sie dir die Antwort gibt.
- Sprich jemanden an, ob er dir Geld für die Busfahrkarte wechseln kann.
- Blicke der Busfahrerin in die Augen, wenn sie die Haltestelle anfährt.
- Suche Blickkontakt mit jemandem, der hinter dir durch eine Ladentür läuft, und halte ihm die Tür auf.

Nicht gleich auf die Pelle rücken

Sicher kennst du die Situation: Du stehst in der Cafeteria an und plötzlich fühlst du dich von deinem Hintermann bedrängelt, er ist dir einfach einen Schritt zu dicht. Wenn du dagegen mit deiner Freundin die Köpfe zusammensteckst, fühlst du dich wohlig vertraut. Du lässt also nicht jeden an dich ran, denn instinktiv aktivierst du ein Schutzsystem, das auf deinen Distanzzonen basiert: In deine Intimzone (das ist der Umkreis deiner Armlänge), lässt du nur Menschen hinein, die du magst und denen du vertraust – dahin muss ein „Beflirteter" erst noch kommen ... Der Umkreis deiner doppelten Armlänge, die persönliche Zone, ist nicht nur die richtige für Gespräche mit Freunden und Bekannten, sie ist auch ideal zum Flirten. Außerhalb der persönlichen Zone liegt die öffentliche Zone (mindestens drei Armlängen entfernt), diesen Abstand hältst du unbewusst zu Menschen, die du für einen Flirt ausgeguckt hast, aber (noch) nicht näher kennst. Diese Distanzzonen kennt jeder, sie sind kulturell und individuell etwas unterschiedlich.

Teste doch einfach mal aus, was passiert, wenn du einem wildfremden Jungen im Bus zu nahe kommst, sprich: ohne jegliche Vorwarnung in seine Intimzone eindringst! Genau, er weicht zurück. Deswegen darfst du deinem Traumboy nicht gleich um den Hals fallen (leider!), sondern musst dich beim Flirten erst langsam an ihn heranpirschen – aus der öffentlichen Zone über die persönliche Zone in seine Intimzone. Nimm also erst mal Blickkontakt auf, lächle ihn an (denn dein Lächeln ist meilenweit zu erkennen), und auch wenn er nicht gleich zurücklächelt: Spätestens beim dritten Mal grinst er zurück! Und dann geht's los, jetzt musst du die Initiative ergreifen und auf ihn zugehen, am besten natürlich, wenn keiner seiner Kumpels dabei ist.
Puh, jetzt stehst du also vor ihm, mit weniger Distanz – und weißt nicht, was du sagen sollst.

Hello again

Sage doch einfach erst mal „Hallo“ und warte ab, was passiert. Meistens ergibt sich daraus ganz locker ein Gespräch. Falls nicht, lege dir eine Reihe von Fragen zurecht, auf die er nicht einfach mit „‚Ja‘“ oder „Nein“ antworten kann (remember: öffnende Fragen) und die ihn ein bisschen aus seiner Reserve locken, je nach Situation und Ort zum Beispiel:

„Woher kennst du Julia (die Gastgeberin)?“
„Welche Musik hörst du so?“
„Woher hast du die Tasche, so eine suche ich schon ewig?“
„Wie hat dir der Film gefallen?“

Achte darauf, dass euer Gespräch nicht einseitig verläuft, und quatsche nicht ohne Punkt und Komma. Himmel ihn nicht nur einfach pausenlos an, sondern höre ihm aktiv zu (wenn er was zu sagen hat!), indem du durch Kopfnicken oder andere Gesten deine Aufmerksamkeit zeigst. Die Kunst ist nun, euer Gespräch am Laufen zu halten, und deswegen ist es gut, ein Thema zu finden, das euch beide interessiert. Achte auf Anknüpfungspunkte und hake rechtzeitig ein! Habt ihr erst mal einige Gemeinsamkeiten entdeckt (er tanzt wie du Hip-Hop, er ist wie du totaler Computer-Freak, er spielt wie du Gitarre, er ist wie du in Mathe eine Niete ...), flutscht euer Gespräch wie von selbst.

Flirten ist eine Frage des Timings: Wenn du wissen willst, ob du ihn völlig in der Tasche hast, mache den Spiegeltest. Denn wenn zwei auf einer Welle schwimmen und sich gut miteinander fühlen, nehmen sie auch (unbewusst) die gleiche Körperhaltung an. Achte also auf seine Körpersignale und Gesten und versuche, sie zu spiegeln. Verändert er seine Haltung, folge ihm – aber bitte diskret! Gewonnen hast du, wenn

DU jetzt deine Haltung veränderst, also zum Beispiel die Arme öffnest oder deine Beine überschlägst und er es dir nachmacht. Und wenn nicht? **Wenn er nicht auf deine Bewegungen eingeht, dann geht er wohl auch im übertragenen Sinne nicht mit dir.** Er kann oder will dir nicht folgen (eure Ansichten sind vielleicht doch unterschiedlicher, als du denkst: Mag sein, er findet wie du PCs toll, aber Mädels, die sich für Computer interessieren, sind ihm – ganz Macho – super suspekt :-(). Daraus folgt leider, dass es wahrscheinlich bei einem Gespräch bleibt und der Kandidat für einen Flirt nicht der richtige ist. Verbuche die halbe Stunde unter Übungszeit.

Erstes Date – das Flirten geht weiter

Jetzt warst du so mutig und hast ihn angesprochen und er hat dich gefragt, ob ihr euch morgen treffen wollt – hurra! Und nun bist du ganz kribbelig und aufgeregt, weil es schließlich dein erstes richtiges Date mit ihm ist – und du wieder mit ihm flirten wirst. Koste dieses Gefühl aus, auch wenn du vor lauter Krabbelkäfern im Bauch nicht schlafen kannst und glaubst, das überlebst du nicht. Denn natürlich hast du tausend Fragen: Was ziehe ich bloß an? Was sage ich zur Begrüßung? Worüber soll ich mit ihm sprechen? – Keine Panik, du machst das schon. Strahle mit der Sonne um die Wette (remember: den inneren Spiegel auf deine Stärken ausrichten!), ziehe deine Lieblingsjeans an und dann sage einfach: „Hallo, na, wie geht's?"
Du kannst dir sicher sein: Er ist mindestens so aufgeregt wie du!

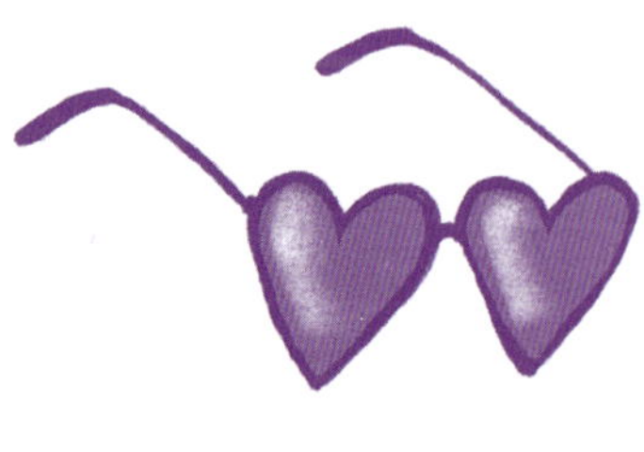

Profitipps fürs Flirten:

- Wenn du es steuern kannst, verabredet euch an einem Ort, wo unter Garantie keiner aus eurer Clique auftaucht. Das erspart euch Lästereien und ist auch viel kribbeliger, weil geheimnisvoller.
- Wenn du ihn nicht gut kennst, vermeide Dates in der Wohnung, an abgelegenen Orten oder zu später Stunde. Sage deiner Freundin Bescheid, wo du steckst, sicher ist sicher.
- Wenn du nicht weißt, worüber ihr euch unterhalten sollt, geht ins Kino. Danach habt ihr mit Sicherheit ein Gesprächsthema.
- Sei zuverlässig und halte dich an eure Abmachung. Also kein Zuspätkommen oder Terminverschieben, keine Freundin mitbringen oder ihn woanders hinschleppen.
- Lass es bleiben, über andere zu lästern. Auch wenn es dir Spaß macht, das kann leicht nach hinten losgehen.
- Tabuthemen beim ersten Date sind deine sonstigen Probleme oder dein Ex-Freund. Gilt auch für ihn: Wenn er pausenlos von seiner Ex erzählt, vergiss ihn. Das ist nicht nur uncharmant, sondern auch ein deutliches Zeichen dafür, dass er noch lange nicht über sie weg ist.
- „Zufällige" Berührungen sind süß, aber betatsche ihn nicht zu doll, das möchtest du umgekehrt ja auch nicht. Zupfe lieber mal vorsichtig einen Fussel aus seinem Haar oder stupse ihn sachte an die Schulter.

Flirt-Spickzettel

Mit Sätzen wie diesen bleibst du während deines Dates entspannt:

„Ich bin schön! Ich bin nett! Ich bin klug!"
„Ich will ihn. Aber ich brauche ihn nicht."
„Es gibt noch Millionen andere Jungs auf der Welt."
„Er muss mir gefallen. Nicht nur ich ihm."

Gut gelaufen

Der Nachmittag mit ihm verging wie im Flug und du willst ihn unbedingt wiedersehen. Vielleicht mag er dich nach Hause bringen, ein kleiner Spaziergang ist immer ein netter Abschluss. Sage ihm, dass es schön war mit ihm. Und trau dich, frag ihn direkt: „Das sollten wir wiederholen. Wie wär's mit Dienstag?", nur so erhältst du eine klare Antwort und musst nicht stundenlang schmoren. Entweder hat er Zeit und Lust und dann läuft alles wie von selbst.

Oder er hat keine Zeit, aber Lust und schlägt dir einen anderen Termin vor. Oder er hat weder Zeit noch Lust und gibt dir keine Antwort, dann musst du das leider akzeptieren (remember: Es gibt Millionen andere Jungs!).

Daran merkst du, dass er dich gut findet:

- Er erstellt dir eine Playlist.
- Er wird rot, wenn du ihn zufällig berührst.
- Er schaut dich ununterbrochen an.
- Er lädt dich ein.
- Er macht dir Komplimente.
- Er hört dir aufmerksam zu.
- Er hat sich extra gestylt.
- Er schreibt dir oder ruft dich bald wieder an.

Fehlanzeige

Schon beim ersten Gespräch hast du es gespürt, inzwischen bist du dir ganz sicher: Der Kerl ist blöd, langweilig, spießig, eingebildet oder was auch immer. Oder er benimmt sich daneben, trinkt ein Bier nach dem anderen und tatscht an dir rum. Und jetzt weißt du nicht, wie du da wieder rauskommen sollst.

Folgende Möglichkeiten hast du:

- Du schaust auf die Uhr und sagst, du hättest etwas Wichtiges vergessen und musst sofort los. – Diese Notlüge sei dir erlaubt und er sollte sie kapieren!
- Er fragt dich, ob ihr euch wiedersehen wollt, und du sagst einfach: „Nein, ich glaube, das ist keine so gute Idee." – Wenn auch verletzend, dafür immerhin ehrlich und knapp. Damit ersparst du dir und euch weitere Tänzchen.
- Du sagst zum Abschied: „War nett, ich melde mich mal wieder, bis dann", und verschwindest. Wichtig: Lass dich nicht nach Hause bringen, das weckt falsche Hoffnungen.

Bist du im umgekehrten Fall nicht sein Typ, sei sensibel und achte auf genau diese Signale! Solltest du dir nicht sicher sein, weil Jungs ja manchmal mit ihrer Meinung nicht so klar rüberwachsen, dann frage ihn direkt. Aber mit dieser Antwort musst du dann leben. Absagen auszuhalten ist blöd, aber kein Drama, weil es meistens gar nicht an dir allein liegt, wenn er kein Interesse an dir hat. Wer weiß, welche Bazille ihm über die Leber gekrochen ist oder welche riesigen Probleme er gerade wälzt. Vielleicht bist du auch einfach nicht sein Typ oder deine dunklen Locken erinnern ihn an seine Ex, die vor Kurzem mit ihm wegen eines anderen Schluss gemacht hat. Sei also nicht traurig und akzeptiere das. Es war einfach zur falschen Zeit der falsche Typ. Kommt vor.

Augen auf beim Blind Date

Ihr habt euch per Chat kennengelernt und verabredet. Kann toll sein, kann aber auch hoffnungslos ins Auge gehen und ganz ehrlich: Das ist meistens der Fall! Deswegen: Hände weg von Flirt-Chats oder Internetforen. In diesen Foren können sich immer auch fiese Typen herumlümmeln, Männer über fünfzig, die sich an deinem Foto und deiner Jugendlichkeit aufgeilen. Lass das nicht zu, mache da nicht mit! Wenn du flirten willst, Spaß haben, Jungs kennenlernen möchtest, klappt das im analogen Leben auch, garantiert (remember: lächeln!).

- Jeder, der in Internetforen unterwegs ist, verschlüsselt im Zweifelsfall seine wahre Identität. Du kannst dir *nie* sicher sein, ob sich hinter *Pumpkin* oder *Glitzergirl* tatsächlich ein Mädchen verbirgt oder nicht – außer du weißt, dass es sich hierbei um deine Freundin handelt.
- Ja, ist es aufregend, im Netz unverfänglich zu flirten und mit der eigenen Identität zu spielen. Diese Rollenspiele machen Spaß und

sind eine spannende Erfahrung, um dich auszuprobieren. Mehr aber auch nicht!

- Ja, es ist schwierig, herauszufinden, wer man ist und was man will. Die schlechte Nachricht: Es hört dein Leben lang nie auf. Die gute: Deswegen bist du wunderbar, einzigartig und nicht todsterbenslangweilig! (Und außerdem gibt es dieses hilfreiche Buch!)

Dein reales Leben ist immer noch das, was zählt, und zwar so, wie du in Wirklichkeit bist, mit allen Ecken und Kanten und Schönheitsfehlern. Du bist in echt viel spannender als deine Internetidentität.

Stark im Netz

Als Mädchen des 21. Jahrhunderts besitzt du unter Garantie ein Smartphone, vielleicht auch zusätzlich noch Tablet und Laptop. Längst kennst du dich mit den Anwendungen und Apps (Applications) aus, bist bei Snapchat und WhatsApp registriert und verbringst wie die meisten Jugendlichen in deinem Alter bis zu vier Stunden im Netz täglich oder auch mehr. Ob beim Chatten, Surfen oder Seriengucken, das kleine Ding, das ursprünglich mal zum Telefonieren gedacht war, ersetzt dir aktuell alles: Fotoapparat, Poesiealbum, Kalender, Notizbuch, Wecker, Fahrplan, Musicplayer – kurzum, **dein Smartphone ist deine Nabelschnur zur Welt.** Aber, Hand aufs Herz: Liest du jedes Mal die AGBs, bevor du dir eine neue App runterlädst? Weißt du, dass WhatsApp jedes von dir verschickte Foto ohne deine Einverständniserklärung verwenden und verwerten darf, wozu und wie auch immer? Ist dir bewusst, dass dein digitaler Fußabdruck über die IP-Adresse deines Handys bzw. Computers zu dir zurückverfolgt werden kann? Es lohnt sich, wenn du dich mit den Sicherheitseinstellungen vertraut machst (zum Beispiel

Ortungsdienste ausschaltest) und deine Identität im Netz schützt – nicht nur mit einem Nickname für Menschen, die du nicht persönlich kennst.

Nutze die Möglichkeiten, die dir das Netz bietet, zum Beispiel bei der Recherche fürs Referat, für tolle Videos und Lifehacks oder zum Lesen der neusten News. UND **kenn dich aus und schütze dich vor den Gefahren!**
Leider passiert es immer wieder, dass Jugendliche Opfer von Cybermobbing werden, ihre Benutzerdaten offengelegt werden oder plötzlich Fotos im Netz auftauchen, die dort nicht hingehören. Damit du auch in Zukunft sicher und selbstbewusst surfst, findest du im Folgenden ein paar hilfreiche Tipps und Informationen. Vielleicht liest du sie gemeinsam mit deiner Freundin (remember: Macht euch gegenseitig stark!) oder auch mit deinen Eltern, die sich unter Garantie nur halb so gut in digitalen Angelegenheit auskennen wie du.

Bist du mediensüchtig? Je öfter du ein Häkchen setzt, desto höher läufst du Gefahr, dein Leben von der digitalen Welt abhängig zu machen. Checke die Offline-Tipps!

- ❍ *Ich nutze das Internet zum Chatten und Austausch mit meinen Freundinnen.*
- ❍ *Ich nutze das Internet zum Spielen.*
- ❍ *Wenn ich (online) spiele, kann ich nicht essen, wenn ich esse, kann ich nicht spielen, also esse ich nicht.*
- ❍ *Ich komme morgens nicht aus dem Bett, weil ich bis spät in die Nacht gechattet habe.*
- ❍ *Ich verbringe in meiner Freizeit täglich mehr als 4 Stunden mit meinem Smartphone.*
- ❍ *Kopf, Nacken, Augen – alles schmerzt!*
- ❍ *Ich checke ständig, ob mir jemand geschrieben hat.*

- ❍ *Ich schicke lieber eine Nachricht, statt anzurufen oder ein persönliches Gespräch zu suchen.*
- ❍ *Termine, Fotos, Infos – ohne mein Smartphone geht gar nichts.*
- ❍ *Weil ich ständig am Smartphone hänge, habe ich Stress mit meinen Eltern.*
- ❍ *Ohne Smartphone fehlt mir was.*
- ❍ *Ich habe im Internet mehr Freunde als im realen Leben.*
- ❍ *Weil ich ständig vorm Tablet sitze, tut mir der Rücken weh.*
- ❍ *Sport und andere analoge Aktivitäten habe ich aufgegeben.*
- ❍ *Ich bin ganz kribbelig, wenn ich das Smartphone z. B. beim Essen oder bei gemeinsamen Aktivitäten „mal weglegen" soll.*
- ❍ *Sobald sich irgendwo eine Pause auftut, habe ich mein Smartphone zur Hand.*

Offline-Tricks:

- Schreibe dir mal eine Woche lang auf, wie, wann und wo du online unterwegs bist (remember: Zeitfresser!), und überlege dann, zu welchen Zeiten du offline gehen kannst (Hausaufgaben, Mittagessen). Nur weil alle ständig und immer erreichbar sind, musst du es nicht auch sein.
- Nachts gehört dein Handy ans Ladekabel und du ins Bett. Gerade während der Pubertät brauchst du deinen Schlaf (gähn, ja, Steinzeittipp, manche Dinge ändern sich eben nie, unser Körper braucht die Nachtruhe zum Reset). Stell den Flugmodus ein und das WLAN aus.
- Bewegung, in welcher Form auch immer, tut allen gut, die eine einseitige Betätigung ausüben. Sprich: Wer ständig über den Bildschirm gebeugt ist, sollte sich dringend aufrichten und den Blick ins Grüne richten.
- Genieße Zeit mit deinen Freundinnen und deiner Familie, live,

in echt und in Farbe. Wir Menschen sind soziale Wesen, wir brauchen Austausch, Klatsch und Tratsch, gegenseitiges Lausen im übertragenen Sinne. Je persönlicher, desto besser.

- Probiere mal aus, zwei Wochen offline zu sein: kein Fernsehen, kein Internet, kein Handy … Vielleicht machen ja deine Freundinnen mit? Wenn du zwei Wochen als zu große Hürde siehst, starte klein: Einen Tag mal das Handy „vergessen" schafft ganz neue Erfahrungen!

Auch im Internet gibt es Regeln!

Deine Persönlichkeitsrechte gelten auf der Straße genauso wie im Netz. Auch im Internet kannst du nicht machen, was du willst, es gibt Regeln, Rechte und Verfolgung von Fehlverhalten. Niemanden außer dir selbst gehen deine familiären und häuslichen Umstände etwas an, ebenso wenig deine innere Gefühlswelt und deine sexuellen Aktivitäten. Oder anders: **Du öffnest ja auch nicht Fremden einfach die Tür oder zeigst dich im Schwimmbad nackt.** Wenn also jemand im Social Network solche Details über dich gegen deinen Willen ausplaudert oder gar in Fotos dokumentiert, macht er sich strafbar – und du hast das Recht, dich dagegen zu wehren. Umgekehrt musst du dich auch an diese Regel halten und dich und deine Privatsphäre ausreichend schützen.

- Du lässt dein Tagebuch nicht auf der Parkbank liegen – schütze deine persönlichen Gedanken im Internet durch gute Passwörter („PA$$w0r1er") und einen Nickname!
- Du lässt die Tür beim Duschen nicht offen stehen – stell keine Nacktbilder von dir ins Netz, schicke sie auch keinem!
- Du hängst kein Schild an die Haustür „Keiner da" oder „Du findest mich um 22 Uhr im Schlosspark am Brunnen" – deaktiviere Ortungsdienste in den Apps.

Gemäß § 201a Absatz 1 vom StGB („Paparazzi-Paragraf") darfst du niemanden heimlich oder gegen seinen Willen fotografieren, weil du dadurch die Intimsphäre desjenigen verletzt. Schon gar nicht darfst du diese Bilder ohne Genehmigung veröffentlichen oder an andere verschicken. Streng genommen handelt es sich um eine Straftat, die geahndet werden kann, sobald du mit 14 strafmündig geworden bist. Das Gleiche gilt für Filme mit Gewaltszenen oder pornografischen Inhalten. Außerdem dürfen „Bildnisse nur mit Einwilligung des Abgebildeten verbreitet oder öffentlich zur Schau gestellt werden" (§ 22 des KunstUrhG). Im Klartext: **Ohne die Einwilligung des Abgebildeten darfst du kein Foto veröffentlichen und niemand darf ohne deine Einwilligung ein Bild von dir posten!!!** Egal, ob es ein, zwei oder mehrere sind, deine Freundinnen oder witzige Bauarbeiter, das „Recht am eigenen Bild" ist unumgänglich, bei Minderjährigen brauchst du sogar die Einwilligung der Erziehungsberechtigten. Außerdem muss der Urheber des Fotos (also der, der es gemacht hat) genannt werden, das gilt im Zweifelsfall für den professionellen Passbildfotografen ebenso wie für deinen Opi, der einen tollen Schnappschuss von dir geschossen hat. Achte also immer darauf, welche Bilder von dir im Netz stehen und wer sie gemacht hat, im Zweifelsfall googelst du mal unter deinem Namen.

Das Posten von verrückten oder peinlichen Fotos macht derzeit jeder und es ist mehr als schwierig, sich dagegen zu wehren, weil du sofort als Spielverderberin dastehst. Wenn du kein Foto von dir gepostet haben magst: Wehre dich trotzdem dagegen, es ist dein gutes Recht. ***Triff mit deinen Freundinnen ein entsprechendes Abkommen, dass ihr euch gegenseitig vor solchen Fotoattacken schützt.*** *Partyfotos gehören ins private Album, nicht auf eine öffentliche Plattform. Denn: einmal im Netz, immer im Netz! Und künftige Arbeitgeber finden es sicher nicht lustig, wenn sie dich mit Katzenohren in der Unterhose tanzen sehen …*

Cybermobbing

Cybermobbing ist Mobbing im Internet. Denn während du auf dem Schulhof meistens weißt, wem du die hämischen Blicke und Aktionen zu verdanken hast, haben die „Mobber" mit den neuen Medien ein leichtes Spiel: Online erreichen sie dich mit ihren Gemeinheiten und fiesen Beleidigungen Tag und Nacht, du kannst von Gruppen oder Online-Spielen ausgeschlossen werden oder jemand stellt in deinem Namen private Dinge oder Fotos über dich ins Netz – und das Ganze auch noch anonym, weil man bequem die Rufnummer unterdrücken und im Netz verschiedene Identitäten annehmen kann …

Mache dir klar: **Das Internet ist kein rechtsfreier Raum.** Auch hier gilt, dass „üble Nachrede und Verleumdung" gemäß § 186 und § 187 Strafgesetzbuch geahndet werden und unter Umständen eine Anzeige zur Folge haben kann, weil das Persönlichkeitsrecht verletzt wurde. Das bedeutet, du kannst dich gezielt gegen Cybermobbing wehren, andersherum kannst du belangt werden, wenn du zum Beispiel in deiner Wut über eine Lehrerin oder Freundin in irgendeinem Chat diese namentlich nennst und Gerüchte streust.

Folgendes kannst du tun, wenn du Opfer von Cybermobbing wirst:

- *Lass dir das nicht gefallen! Wehre dich und werde sofort aktiv, indem du mit Menschen deines Vertrauens sprichst: Mit deinen Eltern, deinem Lehrer, dem Schulsozialarbeiter. Dieser erste ist der wichtigste und vielleicht auch schwerste Schritt. Aber damit bleibst du nicht das arme Opfer!*
- *Beweise sammeln! Fertige Screenshots an und/oder Ausdrucke mit Datum und Uhrzeit, speichere Dateien, hole Zeugen vor den Bildschirm oder ans Handy. Nur so kannst du beweisen, was da wirklich gegen dich läuft.*

Sexting ist kein Liebesbeweis

Und dann will dein Freund eines Tages von dir ein Nacktselfie, einfach so, weil er in dich verliebt ist, weil er dich toll findet, weil er sich nichts dabei denkt. Oder vielleicht auch, weil Sexting, also das Verschicken von erotischen Fotos, gerade *in* ist. Deine erste Reaktion ist: Spinnst du? Im Bikini kannst du gern eins haben … Seine Antwort: Na, stell dich nicht so an, machen doch alle, ist nichts dabei. Und dann tust du es halt doch, weil du dich geschmeichelt fühlst, ihm vertraust und nicht so prüde sein willst. Schließt die Tür ab, ziehst dich aus, ganz und gar. Vielleicht ist wirklich nichts dabei, aber mache dir klar: Nacktheit macht verletzlich. **Du gibst dein intimstes Foto aus deinen Händen und machst dich von seiner Entscheidung abhängig** – und du weißt nicht, was damit passiert! Wenn du Pech hast, stellt es dein Freund ins Netz (weil ihr euch gestritten habt, weil Schluss ist, aus Rache) – und alle können es sehen. Kann sein, dass nichts passiert, kann sein, dass du das Opfer hämischer Attacken wirst. Denn obwohl er dein Persönlichkeitsrecht verletzt und sich zusätzlich strafbar macht, weil du minderjährig bist, wenden sich Spott und Häme gegen dich. **Das ist**

- *Ignorieren, die Erste: Leichter gesagt als getan. Am einfachsten ist, den Laptop auszulassen oder sich eine neue Handy-Nummer zuzulegen, du kannst aber auch Spam-Filter nutzen oder denjenigen von deiner Freundesliste löschen.*
- *Ignorieren, die Zweite: Antworte nicht und reagiere nicht auf die Beleidigungen, damit machst du alles nur noch schlimmer. Irgendwann vergeht dem Mobber dann der Spaß …*
- *Wenn es gar nicht mehr anders geht: melden! Beim Anbieter des sozialen Netzwerks oder, wenn es sein muss, bei der Polizei. Cybermobbing ist strafbar, Verletzung der Persönlichkeitsrechte sowieso.*

ungerecht, ohne Frage!!! Schließlich ist er der Mistkerl und nicht du. Aber leider tickt die Gesellschaft so, dass sie aus Opfern Täter macht, vor allem, wenn es um Mädchen und Frauen geht. Und solange das so ist (die Gründe hierfür sind ein eigenes Buch wert und können hier leider nicht aufgeführt werden), bleibt zuallererst nur eins: **Schütze dich! Sorge für deine körperliche und auch seelische Unversehrtheit!** Keine Nacktfotos in WhatsApp, Snapshot und Co.! Und dann setze dich parallel für Frauenrechte und gegen Sexismus im Alltag ein. Wenn trotz aller Vorsichtsmaßnahmen jemand ungefragt deine Bilder ins Netz stellt und du Opfer von Sexting geworden bist, wehre dich sofort (s. o. Cybermobbing). Das Gleiche gilt, wenn dir jemand unangenehme Bilder schickt: löschen, ignorieren, melden!

Du bist wunderbar gemacht und hast einen tollen Körper! Und es nicht okay, wenn ihn andere beurteilen und du dir deswegen Kommentare anhören musst, von wegen du hast zu große Füße, zu kleine Brüste, zu dicke Beine, zu viele Pickel.
Wer maßt sich an, das zu sagen? Woher kommt es, dass du hier so leicht verletzbar bist? Als Frau wächst du mit Körperkommentaren auf – es geht immer um Äußerlichkeiten. Früher war die Schönheit einer Frau ihre Lebensversicherung! Heute ist das anders, die meisten Frauen sind nicht mehr vom Geld eines Mannes abhängig. Dummerweise sind die Medien mit gephotoshopten Bildern gebräunter, schlanker Frauen mit vollem Haar und funkelstrahlenden Augen in die Lücke gesprungen und definieren jetzt, was schön ist. Und weil wir nun mal Augenmenschen sind, glauben wir, was wir sehen, selbst dann, wenn wir wissen, dass das nicht real sein kann. In Frankreich müssen übrigens Fotografen seit dem 1. Oktober 2017 kennzeichnen, ob Model-Fotos per Photoshop nachbearbeitet wurden, um Kinder vor einem nichtrealen Idealbild zu schützen.

Sprich mit deinem Zögern, es hat eine Menge zu sagen!

Kennst du das? Du hast etwas gemacht und wusstest eigentlich schon vorher, dass die Idee nicht ganz so schlau war … Ohne zu fragen das Top deiner großen Schwester auszuleihen, mit deiner Clique den Wochenendeinkauf im Kühlschrank leer futtern, die Lehrerin heimlich beim Lippenstiftauftragen filmen.

Ganz sicher hattest du dabei mindestens ein klitzekleines Gefühl von „äh, nicht o. k.". Es war nur einen kleinen Moment da und fühlte sich vielleicht an, als wäre die Zeit kurz stehen geblieben. Dann wurde es schnell weggeschubst von einem sich vordrängelnden lautstarken Gedanken „Ach, wird nicht so schlimm sein" oder „Macht doch jeder mal!".

Du erinnerst dich an dein inneres Team – verschiedene Instanzen in dir, die bei deinem Erleben und Handeln mitreden. Hier geht es jetzt darum, deinem Zögern zu lauschen und Wichtiges über dich zu erfahren.

Lokalisiere dein Zögern in deinem Körper – wo ist es? In deiner Brust, im Hals, im Bauch, woanders?

Wie fühlt sich das Zögern an? Ist es eng, weit, heiß, kalt, klein, groß, leicht, schwer oder wie noch?

Frag dein Zögern mal: Wie geht es dir? Worum geht es dir? Bitte es, den Satz zu beenden: Es ist nicht …

Du schlüpfst in das Zimmer deiner großen Schwester, um dir ihr neues Top auszuleihen. Was sagt dein Zögern? „Es ist nicht

……………………………………………………… !"

Du nimmst den gesamten Wochenendeinkauf aus dem Kühlschrank und stellst alles vor deine hungrigen Freunde.

Was sagt dein Zögern? „Es ist nicht

……………………………………………………… !"

Deine Lehrerin zieht im Klassenzimmer ihren Lippenstift nach und verzieht lustig das Gesicht dabei, du zückst dein Smartphone.
Was sagt dein Zögern? „Es ist nicht

. . . . . !“

Dein Freund bittet dich, ihm ein Selfie „ohne Kleider“ zu schicken, du schließt deine Tür ab und nimmst dein Smartphone.
Was sagt dein Zögern? „Es ist nicht

. . . . . !“

Vielleicht hast du Wörter notiert wie „ehrlich“, „fair“, „rechtens“, „richtig“. Dann prüfe mal, wie wichtig dir diese Werte sind: Ehrlichkeit, Fairness, Rechtssicherheit, Richtigkeit … Vielleicht hast du auch Worte wie die folgenden gewählt, dann suche deinen entsprechenden Wert darin: sicher, vertrauenswürdig, freundlich, nett, schlau, angemessen, lustig.
Dein Zögern zeigt dir viele deiner wichtigsten Werte – lebe sie!

KÖNIGIN DER ZEIT

Keine Frage, wir leben in einer hektischen Zeit, in der jede freie Minute verplant ist und es immer schwieriger wird, alle Interessen unter einen Hut zu bekommen. Sicher geht es dir nicht viel anders: Du hast einen vollen Stunden- und Terminplan, nachmittags stehen Hausaufgaben, Tennisstunden oder Klavierunterricht an – da bleibt nicht viel freie Zeit für einen gemütlichen Stadtbummel mit deiner besten Freundin oder für einen Kinobesuch mit der Clique. Außerdem fordert deine Familie, dass du dann und wann auch mal zu Hause bist und dich dort einbringst, sei es für bestimmte Hausarbeiten oder für gemeinsame Zeit am Spieltisch. Meistens gelten viel beschäftigte Menschen als besonders wichtig, aber **wirklich stark ist, wer seine Termine im Griff hat und auch mal sein Smartphone ausschalten und beiseitelegen kann.** Damit auch du deine Zeit geregelt kriegst, findest du im Folgenden einige Strategien.

Auf der Suche nach der verlorenen Zeit

Wenn du nicht weißt, wo deine Zeit bleibt, hilft nur eins: eine Woche lang mal aufschreiben, was war wann wie lange. Wie viel Zeit verbringst du mit Schlafen, Duschen, aufs Klo gehen, Zähneputzen? Wie viel Zeit in der Schule? Wie viel Zeit mit Essen? Wie viel Zeit brauchst du täglich für deine Hausaufgaben? Wie viel Zeit verbringst du mit deinen Freunden? Mit deinen Hobbys? In öffentlichen Verkehrsmitteln? Wie viel Zeit hast du das Smartphone für Chats und Snaps in der Hand?

Mit dieser Dokumentation erhältst du auch ein Gefühl dafür, wie viel Zeit du für die Erledigung bestimmter Dinge wirklich brauchst. Du wirst vielleicht feststellen, dass du jeden Tag insgesamt eine Stunde Bus fährst. Bliebe zu überlegen, ob du die Zeit nicht zum Vokabellernen nutzen könntest – oder zum Musikhören und Relaxen. Um deine Zeit besser aufzuteilen, lege dir am besten einen Kalender zu – Papier oder App – und mache deine Pläne: von Tag zu Tag (was wirst du heute alles tun?), von Woche zu Woche (welche Termine hast du?), von Monat zu Monat (was steht in diesem Monat an?), für ein ganzes Jahr (welche festen Termine weißt du schon? Zum Beispiel Ferien, Geburtstage, Zeugnisse). Checke regelmäßig deine Eintragungen und du kannst dich auf die jeweiligen Ereignisse, wie zum Beispiel eine Klassenarbeit oder die große Ballettaufführung, rechtzeitig und konzentriert vorbereiten.

Für deinen Tagesplan schreibst du auf, was du vorhast, und streichst durch, wenn dir plötzlich etwas nicht mehr notwendig erscheint oder getrost am nächsten Tag erledigt werden kann. So setzt du Prioritäten! Mit auf die Liste gehören außerdem noch Chill-out (zehn bis dreißig Minuten rumgammeln, abhängen, nix machen zum Energietanken) und Wohlfühlmomente (Musik hören, Tee trinken, Badewannensession).

Raus aus dem Motivationsloch!

Du gähnst und denkst, weiß ich eh doch alles … Und dennoch fällt es dir einfach schwer, mit den Hausaufgaben anzufangen, dein Zimmer aufzuräumen oder dein Musikinstrument zu üben. Jetzt heißt es, deinen inneren Schweinehund zu überwinden! Da helfen folgende Tricks:

- Setze dir eine feste Uhrzeit – „Um 15 Uhr fange ich an!"
- Mache ein Spiel daraus – „Ich gegen die Uhr. Wetten, ich schaffe die Matheaufgaben in dreißig Minuten?"
- Schreibe eine Liste, was zu tun ist – wichtig: Der erste Punkt muss in fünf bis zehn Minuten zu erledigen sein. Fange mit diesem an. Mache einen dicken Haken dran. Das motiviert zum Weitermachen.
- Triff eine Verabredung – du kannst auch mit deiner Freundin gemeinsam für den Mathetest büffeln (erst recht, wenn du lieber „sprechend" lernst).
- Suche dir Verbündete – „Wir machen beide bis drei die Hausaufgaben, dann treffen wir uns im Schwimmbad."
- Stell dir eine Belohnung in Aussicht – „Nach dem Vokalbellernen gönne ich mir eine Runde Longboard fahren."
- Fange einfach an – auch wenn du noch keine Lust hast, die Lust kommt dann beim Tun!

Überführe deine Zeitfresser!

Die beste Liste hilft dir nicht, wenn es tausend andere Dinge gibt, die dich davon abhalten, deine Pläne in die Tat umzusetzen, und du deine Liste nicht abhaken kannst. Die Folge: Stress, erkennbar an Symptomen wie Konzentrationsstörungen, Reizbarkeit und Nervosität, aber auch Essstörungen, Allergien und Kopfschmerzen. Bei den ersten Stressanzeichen solltest du gegen die einzelnen Symptome keine Tabletten nehmen, sondern die Ursachen dafür suchen – und abstellen. Finde heraus, was dazu führt, dass deine Zeit ständig so knapp ist und deine Pläne nicht funktionieren – überführe deine persönlichen Zeitfresser!

Zeitfresser No. 1 ist das Smartphone, weil es während deiner Hausaufgaben zwanzig Mal piepst, um die neuen Posts und Snaps von Nazire, Sarah & Co. anzuzeigen, und weil du natürlich sofort reagieren musst. Ergebnis: Du hast die Hausaufgaben erst um 17:00 Uhr erledigt, aber da wolltest du schon längst im Café sitzen und, und, und. Deshalb: Schalte dein Smartphone während deiner Schularbeiten aus.

Zeitfresser No. 2 ist Unordnung, weil du 10 –15 % deiner Zeit mit Suchen und Finden beschäftigt bist, egal, ob es sich dabei um Klamotten, Bücher oder Unterlagen handelt. Ordnung im Kopf beginnt mit Ordnung auf dem Schreibtisch! Lege dir beschriftete Ordner für deine Unterlagen (Schule, Zeugnisse, Konto, Hobby, Smartphone, Zeitschriftenartikel) zu und sortiere die Bücher in deinem Regal nach deinen Unterrichtsfächern, dann hast du immer alles griffbereit.

Zeitfresser No. 3 ist Perfektionismus. Wenn dein Engagement und deine Leidenschaft dazu führen, dass du etwas perfekt machen willst, ist das sicher gut. Ob du ewig einen Tanzschritt übst, Fotobearbeitungen mit einer Wahnsinnsqualität machst oder deine Hausaufgaben tipptopp schreibst, du machst das für dich und deine Ansprüche. Wenn du allerdings auch unter Zeitdruck nicht anders kannst und die Dinge perfekt machen musst, dann frisst dein Perfektionismus deine Zeit und Energie. Setze Prioritäten und gib dir eine Zeitvorgabe für die weniger wichtigen Dinge: lieber etwas davon „nur" gut erledigen statt gar nicht.

Zeitfresser No. 4 ist Ja-Sagen. Damit lässt du dir alle möglichen Aufgaben aufbrummen, wie zusätzliche Vereinsarbeit, Material für das Referat im Copyshop laminieren lassen, Botengänge erledigen oder Gratis-Nachhilfe geben. Dein vielseitiges Engagement in Ehren, aber sage ruhig ‚Nein' zu Dingen, auf die du keine Lust hast und bei denen du dich ausgenutzt fühlst (remember: nein, nein, nein!).

Zeitfresser No. 5 ist Verzetteln, weil du den Kopf voller Ideen hast. Vor lauter Ideen fängst du hier was an, lässt dort was liegen und sortierst deinen Vokabelkasten, statt Vokabeln zu lernen – nur um irgendetwas zu tun. Hier hilft nur: einfach mit dem Richtigen anfangen. Oder Gedanken sortieren und To-do-Liste machen (remember: Prioritäten setzen!).

Zeitfresser No. 6 ist das Alles-selber-machen-Müssen, weil du denkst, außer mir kann das eh keiner, oder weil du andere nicht bitten magst. Aber es kann nicht sein, dass die Organisation der Weihnachtsfeier im Verein nur allein deine Sache ist. Stell eine Liste mit Aufgaben und organisatorischen Dingen zusammen und picke dir die Aufgaben heraus, auf die du Lust hast, weil du sie gut kannst. Die anderen Aufgaben gibst du an andere Vereinsmitglieder ab, das nennt man delegieren. Oder es gibt eben keine Weihnachtsfeier.

Zeitfresser No. 7 ist dein Nebenjob. Prima Sache, wenn du mit ein paar Stunden Babysitten, Übungsleitung, Prospekteaustragen, Nachhilfe oder Hundeausführen in der Woche dein Taschengeld aufbessern kannst. Blöd aber, wenn die Schule darunter leidet und du gar keine Zeit mehr für deine Freunde und Hobbys hast. Vielleicht lassen sich Nebenjob und Spaß auch verbinden, zum Beispiel wenn du ihn mit deiner Freundin gemeinsam machst.

Zeitfresser No. 8 ist zu knappe Planung, weil du denkst, das kriegst du schon alles hin, schließlich hat der Tag vierundzwanzig Stunden ... Na ja, sicher schläfst du acht davon und weitere acht bist du in der Schule. Bleiben acht Stunden für Essen, Duschen, Hausaufgaben, Tanzstunde mit Mike, Shopping mit Anne, Werbezettelausteilen, Oma-im-Altersheim-Besuchen. Und dauert nur ein Date länger, weil Mike heute so süß guckt oder Anne sich mal wieder nicht entscheiden kann, hast du ein Problem. Besser: Pufferzeiten einbauen oder reduzieren: Du musst ja nicht gleichzeitig tanzen lernen, reiten gehen und Handball spielen.

Zeitfresser No. 9 ist die Schule, sie erfordert deine volle Aufmerksamkeit. Und hast du Schwierigkeiten in Mathe, kannst du das Fach nicht einfach von der Liste streichen, im Gegenteil, manchmal verderben dir Nachhilfestunden noch deinen freien Nachmittag. Aber auch hier kannst du Zeit sparen: einmal durch regelmäßiges (!) Lernen und Hausaufgabenmachen. (Wetten, dein Nachhilfelehrer ist bald arbeitslos?) Und: Wenn du sowieso in der Schule bist (Schwänzen ist nicht!), kannst du auch mitmachen und vielleicht sogar schon dort deine Hausaufgaben erledigen. Eine Streberin bist du deswegen noch lange nicht, eher clever, weil du dir deine Zeit gut einteilen kannst und schon im Schwimmbad liegst, während die anderen noch über ihrer Bio-Übung brüten.

Zeitfresser No. 10 ist der negative Blick. Auf deiner To-do-Liste stehen zehn Dinge, acht davon hast du erledigt, die zwei restlichen Punkte musst du auf morgen verschieben. Und jetzt bist du frustriert und setzt dich unter Stress, weil du nicht alles geschafft hast und morgen dadurch noch mehr Arbeit auf dich wartet. Führe dir als Erstes vor Augen, WAS und DASS du alles heute geschafft hast (remember: positiv denken!), und mache dann deinen Plan für morgen – oder übermorgen?!

So, jetzt kennst du die typischen Zeitfresser – welche drei fressen sich bei dir am liebsten durch? Schreibe sie auf und mache dir einen Plan, wie du sie bändigen wirst.

1. ....

....

....

....

....

....

....

2. ....

....

....

....

....

....

3. ....

....

....

....

....

....

Aus für „Ich MUSS“!

Ganz generell gilt: Menschen machen ungern etwas, was sie müssen. Denn das erzeugt eine sogenannte Reaktanz, so nennen Psychologen diese Art innere Abwehrhaltung. Stell es dir einfach so vor: Wenn du sagst: „Ich muss jetzt Hausaufgaben machen“, steht irgendwo in dir eine kleine motzige Vierjährige, verschränkt die Arme und sagt patzig: „Ich muss überhaupt nichts.“ Alle Zeichen stehen auf Boykott, so kommst du nicht weiter! Also streiche das Wort „müssen“ aus deinen Vorhaben und auch aus deinen Selbstgesprächen. Verändere deine alten „Ich-muss-Sätze“ in „Ich entscheide mich dafür, …“
Mit dem Satz „Ich entscheide mich dafür, jetzt die Hausaufgaben zu machen“, bist du nicht mehr Spielball, sondern wieder aktive Spielerin (remember: nicht Opfer, sondern Gestalterin!).

Wenn du feststellst, es gibt „Ich-muss-Sätze“, die du auf keinen Fall umschreiben willst, dann prüfe genau, ob das ein wichtiger Hinweis auf deine Prioritäten ist. Wenn du also denkst „Ich muss noch zu Kikis Geburtstag“, heißt das vielleicht, dass du das gar nicht (mehr) willst! Dann streiche es von deiner Liste. (Für die Dinge, die andere bestimmen, wie beispielsweise Zahnarztbesuch, Unterricht, Hausaufgaben und Co., gilt: „Meine Eltern haben sich entschieden, dass ich eine gute Schulausbildung haben soll“; „Mein Lehrer hat sich entschieden, dass das der Weg ist, auf dem wir den Stoff am besten lernen können“ – beides ja eigentlich sympathische Züge.
Und: Das ist alles besser als: „Ich muss in die doofe Schule gehen …“)

100 % Zeit, 1 000 % Fun & Action

Zeit hat zwei Eigenschaften: Erstens ist sie messbar und nachweisbar durch Uhren und Termine. Zweitens ist sie fühlbar, und das ganz subjektiv und höchst persönlich: Während dir die Viertelstunde Vokabelabfragen quälend lange vorkommt, sind die fünfzehn Minuten in der Pause mit deinem Freund im Nu vorbei. Ebenso verhält es sich mit dem berühmten Keine-Zeit-Haben, denn **Zeit zu haben bedeutet meist, eine Sache für wichtiger zu halten als die andere.** Und darüber kann man streiten, auch unter Freunden. Kann nämlich sein, dass dir plötzlich andere Dinge wichtiger vorkommen als deine Clique. Wenn dir nämlich dein regelmäßiges Volleyballtraining am Herzen liegt, weil ihr Aufstiegschancen in die Bezirksliga habt, wenn du frisch verliebt bist und nur noch mit deinem Freund rumhängst, wenn dich der Ehrgeiz gepackt hat und du am liebsten deine Nase in Bücher steckst … All das ist deine persönliche Entscheidung und sollte dich nicht unter Stress setzen. Natürlich ist es schade, wenn du vor lauter Sport oder Knutscherei deine beste Freundin vernachlässigst. Langfristig isoliert dich das von den Unternehmungen deiner Clique und macht dich zur Außenseiterin – das solltest du nicht zulassen und in deinem Interesse für regelmäßige Treffen sorgen. Reserviere in deinem Kalender einen festen Tag für deine Freundinnen und habe 1 000 % Spaß mit ihnen, auch wenn deine Zeit knapp bemessen ist.

MISS MONEYMAKER

Geld regiert die Welt und sicher hast auch du nie genug davon, oder? Du bekommst Taschengeld und zu Weihnachten oder Geburtstagen vielleicht Geldgeschenke von Oma und Opa. Und dann sagen alle, du sollst sparsam damit umgehen und dein Geld sinnvoll ausgeben. Aber das ist natürlich alles andere als witzig und so kaufst du dir geile Klamotten, gehst ins Kino und ins Café – und ärgerst dich, wenn man dir mit vernünftigen Spartipps den Spaß daran verdirbt. Hier und jetzt Geld auszugeben soll dir ruhig Vergnügen bereiten. Aber monatlich ein paar Kröten zurückzulegen ist auch gut, weil du dich darüber auch in fünf Jahren noch freuen kannst. Auf den folgenden Seiten dreht sich alles um das liebe Geld und ein Taschengeldplan hört sich doch erst mal ganz gut an, oder?

Dein Taschengeldplan

Damit du mit deinem Geld gut klarkommst, musst du zunächst wissen, wo es landet. Lege dir zwei Listen an: 1. eine Liste über deine Einnahmen pro Monat (Taschengeld, Geldgeschenke, selbst verdientes Geld) und 2. eine Liste über deine täglichen Ausgaben für den gleichen Monat (Süßkram, Hobby, Smartphone, Musik, Bücher & Zeitschriften, Geschenke, Kino, Café …). Am einfachsten geht das in einer Taschengeld-App (im Taschengeldplaner o. Ä.). Wenn du am Ende jedes Monats deine monatlichen Einnahmen und Ausgaben gegenüberstellst (d. h. Einnahmen minus Ausgaben rechnest) und dabei null rauskommt, hast du Aufschluss über das Loch im Portemonnaie und den perfekten Überblick. Bleibe ein halbes Jahr mit dem Eintragen am Ball, teile dein Taschengeld ein und lege das, was am Wochenende übrig bleibt, auf ein Konto. Bald können wir dich Dagoberta nennen …

Persönliche Geldpolitik

Gibst du das Geld aus, das du hast, oder lebst du auf Pump? Weißt du über deine Finanzsituation tagesaktuell Bescheid oder verschließt du die Augen vor der Misere? Prüfe deine persönliche Geldpolitik:

Deine Prepaidkarte ist diesmal überraschend schnell am Ende …

A Kann nicht sein. Hab das im Blick.
B Ist ein-, zweimal vorgekommen.
C Die hält eh jedes Mal weniger lang.

Wenn ich klamm bin, bitte ich meine Omi um ein Scheinchen …

A Mache ich nie.
B Ist schon mal vorgekommen.
C Das passiert so gut wie monatlich.

Wenn ich mit der Clique ins Café gehe …

A … gebe ich etwa das aus, was ich geplant hatte (z. B. eine Coke).
B … trinke oder esse ich manchmal aus Geselligkeit mehr, als mein Budget vorsah.
C … komme ich immer mit einer riesigen Rechnung raus. Ich überlege mir nie vorher, was das alles kosten könnte.

Wenn ich ein paar supertolle, aber auch superteure Schuhe gesehen habe …

A … lass ich sie mir schenken oder verzichte halt. Ist eben grad nicht drin!
B … warte ich, bis ich sie im Sale, über Internet oder gebraucht günstiger bekomme.
C … kaufe ich sie, auch wenn mein Geld für etwas anderes bestimmt war. Es kommt schon irgendwie wieder zusammen.

Wenn ich ins Freibad gehe …

A … schwimme ich, treffe meine Clique, spiele Volleyball.

B … kauf ich mir mal ein Eis oder eine Pommes, immer nur eins von beiden.

C … komme ich mit vollen Armen vom Ständchen zurück. Muss mich schließlich ernähren …

Ich spare auf eine bestimmte Sache.

A Stimmt. Das tue ich immer.

B Ja, ich lege unregelmäßig das, was übrig ist, aufs Konto

C Sparen? Es gibt täglich so viel zu kaufen. So ist das Leben.

Du ahnst es schon: Antwortest du überwiegend mit A, hast du dein Geld gut im Griff und gibst nie alles aus. Sehr eisern (fast schon unheimlich :-))! Gönn dir doch auch mal etwas Unvernünftiges – schlag mal über die Stränge bei Dingen, die dir besonders viel Spaß machen! Überwiegend B angekreuzt, dann ist dein Motto: Leben und leben lassen. Manchmal muss es die zweite Coke sein (denn irgendwann wird es lächerlich, zu dritt um ein Glas mit drei Strohhalmen zu sitzen :-)). Du scheinst das schlau zu machen. Überwiegen die C in deinen Antworten, lebst du nach dem Motto einer Vierjährigen: „Wenn du Geld brauchst, hol's doch auf der Bank". Beim nächsten Bistro-Besuch setze dir ein Limit und nimm nicht mehr Geld mit, als du ausgeben willst. Wenn du typischerweise sofort kaufst, lass dir beim nächsten Mal die Sache drei Tage zurücklegen. Schlaf drüber, das ist ein guter Schutzschild gegen Impulskäufe.

Achtung, Schuldenfallen!

Extrateure Markenklamotten, der tägliche Gang zum Schulkiosk, immer gerne zu McDonald's, im Café nur den großen Eisbecher, nicht ‚Nein' sagen zu dem aktuellen Glitzer-Make-up, drei bis vier Zeitschriften im Monat, Netflix-Abo, immer Stress mit dem Datenvolumen und Nachzahlungen? Achtung, lass dich nicht verführen, über deine Verhältnisse zu leben. Wenn ständig Ebbe in deinem Portemonnaie herrscht und du immer mehr Schulden hast, wird es höchste Zeit, etwas zu unternehmen.

Schau dir die Übungen in diesem Kapitel noch mal genau an – oder sprich mit deinen Eltern oder deinem Vertrauenslehrer darüber.

Schuldenfalle Handy …

Auf deinem Handy können coole Klingeltöne und tolle Logos eine riesige Kostenlawine mit sich ziehen, weil die Preise dafür oft unklar angegeben sind. Um die Kosten unter Kontrolle zu halten, legst du dir am besten ein Prepaid-Handy zu, wählst günstige Vorwahlnummern, schränkst das Simsen ein – oder lässt dich einfach anrufen.

LIEBLINGSLERNMETHODEN

„Du lernst nicht für die Schule, du lernst fürs Leben!" Sicher kannst du diesen Spruch längst nicht mehr hören angesichts der Riesenmenge an Hausaufgaben, die du tagtäglich zu bewältigen hast. Du musst Vokabeln üben, Formeln auswendig lernen, Aufsätze schreiben, Referate halten – da wird schon einiges von dir verlangt. Egal, ob du bald eine

Ausbildung beginnst oder studieren möchtest: Gute Noten schaffen einfach bessere Chancen, logisch. Und damit a2 + b2 = c2 & Co. auch langfristig hängen bleiben, eigne dir einen effektiven Lernstil an. Das hat außerdem den netten Nebeneffekt, dass deine Eltern mit deinen schulischen Leistungen zufrieden sind und dir mehr Partyspaß gönnen. Also, finde heraus, wie du am besten lernen kannst.
Das funktioniert nämlich bei jedem Menschen ein bisschen anders.

Fragen vor dem Pauken

Wenn du dir die alten Griechen reinpauken willst, kannst du natürlich ein Kapitel nach dem anderen büffeln, bis dir der Kopf qualmt. Das kannst du tun, es ist aber ziemlich ätzend. Außerdem wirst du höchstens dein Kurzzeitgedächtnis mit Daten zupflastern und schon wenig später nichts mehr davon wissen. Schreibe dir vor dem Lernen auf, welche Fragen du beim Durcharbeiten der Texte beantwortet bekommen möchtest, zum Beispiel:

- Wie lebten die Griechen eigentlich … so im Alltag?
- War Griechenland damals genauso groß wie heute?
- Woran haben die Griechen geglaubt? Was war ihnen wichtig?
- Wie unterschied sich die Kindheit und Jugend im alten Griechenland von unserer heute?

Mit solchen Vorab-Fragen liest du genauer und interessierter (remember: W-Fragen funktionieren immer). Mit Fragen im Hinterkopf macht es Spaß, den Lernstoff zu erforschen und Interessantes zu entdecken! Und die Fragen sind super Stichwortgeber für die Recherche im Internet und für deine Struktur, wenn du beispielsweise ein Referat vorbereitest.

Kennst du deinen Lernstil?

Vielleicht hast du schon einmal Billard gespielt. Du hast sicher einfach mal losgelegt, anderen was abgeschaut, dein Physikwissen über Einfallswinkel und Ausfallswinkel hergekramt oder pragmatisch verschiedene Winkel mal „ausprobiert". Der Psychologe David Kolb hat festgestellt, dass zum richtigen Lernen genau diese Schritte gehören: aktiv tun – beobachten – Theorie verstehen – pragmatisch umsetzen.

Aber Menschen haben verschiedene Vorlieben, wie sie an das Lernen rangehen. **Jeder hat einen bevorzugten Lernstil, der ihm am meisten Spaß macht und zum Weiterlernen motiviert.**

Um deine Lernstile kennenzulernen, prüfe, welche Beschreibung für dich typisch ist:

1. Neue Dinge finde ich prima. Ich mag keine langen Erklärungen, am liebsten probiere ich Dinge erst mal aus. Am meisten Spaß macht es, mit anderen gemeinsam loszulegen, zum Beispiel in einer Gruppenaufgabe. (= aktiv)

2. Ich muss mich nicht vordrängeln, bin erst mal vorsichtig und denke die Dinge durch. Am meisten lerne ich, wenn ich anderen zuschaue, wie sie die Aufgabe lösen. (= beobachtend)

3. Ich möchte erst mal alles genau verstehen. Ich frage mich, ergibt das Sinn? Wie passt das zusammen? Wenn ich das Prinzip, die Theorie, das Modell verstanden habe, dann mache ich gerne eine Übung, am liebsten was Logisches. (= theorieorientiert)

4. Ich will es praktisch! Am liebsten ist mir eine klare Checkliste, tue dies, dann tue das. Gut, wenn ich gleich den Fortschritt sehen kann. Wiederholungen langweilen mich, super ist eine kurze Anleitung. Bitte keine langen theoretischen Erklärungen und keine langatmigen Spiele. (= pragmatisch)

Wie kannst du dich jetzt auf deinen Lernstil einstellen? Sorge zunächst dafür, dass deine Lernumgebung zu deinem bevorzugten Stil passt (z. B. zu zweit lernen, statt dich allein zu vergraben, oder die praktische Anwendung lernen, statt lange die Theorie zu lesen). Im zweiten Schritt prüfe, dass du auch die anderen Elemente lebst. Denn allein vom Pferdebücherlesen wirst du nicht reiten lernen. Wenn du dich aber nur draufsetzt, ohne das Pferd und die typischen Kommandos zu verstehen, wirst du auch kein Crack. Zum erfolgreichen Lernen gehören also alle Schritte.

Die richtige Lerntechnik finden

Du siehst vielleicht deine Freundin ganz begeistert mit Karteikarten lernen und nimmst dir vor, das jetzt auch zu tun. Leider kommst du bei deinem Versuch nicht über Karte No. 7 hinaus: Es langweilt dich fürchterlich, alles aus deinem Buch auf Karten abzuschreiben. Das hat nichts mit mangelnder Ausdauer zu tun – nein, die Technik, die deiner Freundin liegt, ist einfach keine gute Technik für dich. Es gibt Menschen, die gerne das Wissen in Päckchen zerteilen, sich für Fakten interessieren, Details bearbeiten können und es lieben, Schritt für Schritt vorzugehen. Andere Menschen mögen lieber die Zusammenhänge zwischen den Dingen entdecken, springen erst in die interessanten Dinge (auch wenn die erst an Stelle 4 und 15 kommen) und finden die Möglichkeiten viel spannender als die Realität. Egal, wie du tickst, zum Lernen gibt es viele verschiedene Techniken und es ist für jeden eine dabei:

Karteikarten: Gut für alle Schritt-für-Schritt-Lerner und Pragmatikerinnen, an Fakten und Einzelinformationen Interessierte. So geht's: Vorne auf die Karte den Begriff (z. B. Satz des Pythagoras), hinten die Erklärung (a2 + b2 = c2 – beschreibt, wie sich die Seitenlängen eines Dreiecks zueinander verhalten.)

Mindmap: Du schreibst deinen Begriff in die Mitte eines Kreises (z. B. Musikgeschichte) und malst an den Kreis Arme mit verschiedenen Themen (z. B. Klassik, Barock, Romantik). Dann malst du Verbindungen oder illustrierst mit Bildchen und Symbolen (Herz, Blitz etc.) – Prima Technik, wenn du zu den visuellen Typen und den Denkern in Möglichkeiten gehörst.

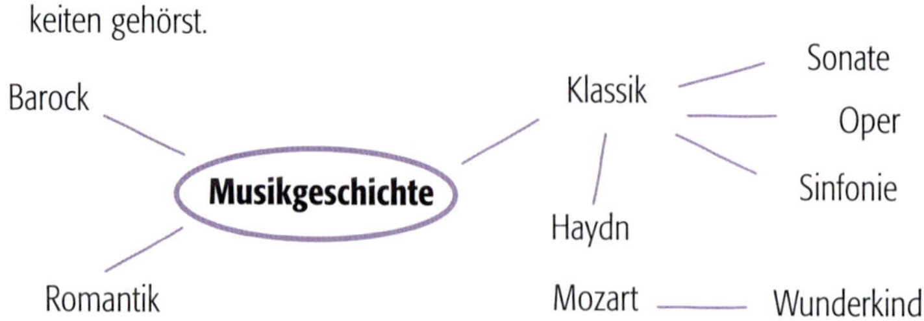

Erklären: Prima für alle extravertierten, aktiven Lerntypen und diejenigen mit bevorzugtem Kanal „Hören“. Funktioniert nach dem Motto: „Wenn ich es erklären kann, hab ich es verstanden“ – dabei ist es egal, ob du es deiner Freundin oder deiner Quietscheente erklärst. :-)

Eselsbrücken: Funktioniert durch Reim oder Assoziation: „3-3-3, bei Issos Keilerei.“ – „Gar nicht wird gar nicht zusammengeschrieben.“ – „Wer nämlich mit „h“ schreibt, ist dämlich.“ – „Links ist da, wo der Zeigefinger und abgestreckte Daumen wie ein L aussehen.“

Mnemotechnik: zum Beispiel die durch Vera F. Birkenbihl bekannt gewordene Codierung. Du verwandelst Zahlen in Symbole, zum Beispiel: 1 = Tanne, 2 = Schwan, 3 = Busen, 4 = Tasche (da 4 Ecken), 5 = Hand (5 Finger), 6 = Jojo (am Faden), 7 = Zwerg, 8 = Frau, 9 = Wollknäuel (Faden hängt raus), 0 = Donut.

Jetzt kannst du dir zum Beispiel 1492 (Kolumbus entdeckt Amerika) so vorstellen: Kolumbus packt vor der Abfahrt eine Tanne (1) in seine Tasche (4) und strickt auf seiner Reise aus einem Wollknäuel (9) einen Schwan (2). Die Reihenfolge in deiner Vorstellung muss immer gleich ablaufen, sonst verhedderst du dich!

Struktur: Mit einer festen Struktur – z. B. 1. Lebenszeit, 2. Familie, 3. wichtigste Werke – kannst du dir Fakten merken (in diesem Fall deutsche Dichter). Das klappt insbesondere dann gut, wenn du eher Pragmatikerin bist und es gerne schön strukturiert magst.

Visualisierung: Denkst du eher in Mustern und Möglichkeiten, kannst du dir die Dinge besser merken, wenn du dir zu Komponisten Bilder oder Geschichten schaffst, zum Beispiel dir den jungen Mozart „mit einer Zauberflöte jemanden aus dem Serail entführend“ vorstellst oder Friedrich Smetana die Moldau runterfahren siehst.

Konzentration ist alles!

Sich auf das Wesentliche zu konzentrieren ist nicht immer so einfach. Zu viele Dinge gibt es, die dich ablenken: Musik, Straßenlärm, Menschen oder auch Gerüche. Wenn du etwas lernen oder deine Hausaufgaben machen willst, sorge entsprechend auch für eine Lernatmosphäre und schalte die Lärmquellen aus. Also keine Musik, plingenden Snaps, Videostream nebenbei. Dazu gehört auch ein aufgeräumter Schreibtisch – nichts gegen die lustigen Automatenfotos von der letzten Klassenfahrt über deinem Schreibtsch, aber Süßigkeiten, Smartphone oder Krimskrams gehören hier einfach nicht her. Gewöhne dir geregelte Zeitabläufe an und erledige deine Hausaufgaben immer zu einer bestimmten Uhrzeit. Das erfordert zwar ein hohes Maß an Selbstdisziplin, gibt dir aber viel Kraft und Selbstbestätigung, wenn du es mal draufhast. Gönne dir bei konzentriertem Lernen zwischendurch auch mal eine kleine Pause, um deine Energiereserven zu füllen. Trinke was, öffne das Fenster und hole tief Luft. Und Nüsse oder Bananen sind reine Kraftnahrung für deine Gehirnzellen!

Konzentration einatmen

Klingt einfach, ist dennoch etwas, was Übung braucht. Lege dich entspannt auf den Rücken, lege deine Hände flach auf deinen Bauch (um das sogenannte Nabelzentrum) und atme ruhig in den Bauch. Du spürst, wie er sich beim Einatmen hebt und beim Ausatmen zurückzieht. Du zählst nun in Gedanken deine Atemzüge: während des ersten Atemzuges ‚eins', während des zweiten ‚zwei' und so weiter. Konzentriere dich auf das Zählen, wenn andere Gedanken kommen (die Matheaufgabe, der Streit mit deiner Freundin, deine To-do-Liste), lass sie mit dem Ausatmen einfach weiterziehen. Was durch diese tiefe Bauchatmung passiert? Du aktivierst deinen Parasympathikus, das System im Körper, das nach Anstrengung und Auspowern dafür zuständig ist, dass du neue Kraft schöpfen kannst und dein Gehirn wieder zielgerichtet und fokussiert arbeiten kann.

Prüfungsstress? Nein danke!

Ob Physikarbeit, Vokabeltest oder mündliche Abfrage: Die Angst, bei einer bevorstehenden Prüfung zu versagen, setzt dich vielleicht unheimlich unter Druck, spätestens eine Stunde davor bist du total nervös, hast feuchte Hände und schlechte Laune. Gegen Lampenfieber helfen keine Pillen, sondern gute Vorbereitung und ein paar Tricks, die du hier finden kannst. Also, fange nicht erst am Tag vor der Prüfung mit dem Lernen an! Erstens schaffst du ein riesiges Pensum nicht an einem Tag und zweitens bleiben kleinere Portionen besser und langfristig hängen. Notiere dir, auf was es bei der Klassenarbeit ankommt, finde heraus, wo deine Lücken sind, und verteile dein Lernpensum auf mehrere Tage bzw. Lernabschnitte (remember: To-do-Liste). So hast du zwischendurch Zeit für andere wichtige (!) Dinge wie die beste Freundin treffen oder ins Kino gehen – denn rauchende Köpfe brauchen auch mal eine Auszeit. Setze dir für die Zeit nach der Prüfung ein besonders attraktives Ziel oder versprich dir eine Belohnung, wenn du alles zu deiner Zufriedenheit geschafft hast (remember: Ziel SMART formulieren! Erfolge feiern!). Motivation ist schließlich alles! Es versteht sich von selbst, dass du zur Klassenarbeit pünktlich und ausgeruht erscheinst. Stecke dir einen kleinen Glücksbringer in die Tasche. Und sollte die Katastrophe geschehen und du hast tatsächlich einen totalen Systemabsturz: Keine Panik, so was dauert nicht länger als zehn Minuten.
Hole tief Luft, atme einige Atemzüge tief in den Bauch, trinke etwas, lies, was du bis dahin geschrieben hast, und besinne dich auf all die guten Dinge (remember: relax! Think positive!), die du kannst und gelernt hast.

Auf welchem Kanal sendest und empfängst du?

„Das sieht gut aus."– „Das hört sich gut an." – „Da hab ich ein gutes Gefühl." – Welcher der drei Sätze gehört eher zu dir, wenn du zum Beispiel die Idee für die Klassenfahrt „gut findest"? Bitte deine Freundin, mal darauf zu achten, was du sagst – du erhältst wichtige Informationen darüber, wie du am besten lernst. Aus der psychologischen Forschung weiß man heute, dass unsere Wahrnehmung und unsere Gedanken immer auch eine Entsprechung in unserem Körper haben. Deine Sinne Sehen, Hören, Fühlen, Riechen und Schmecken helfen dir, die Welt wahrzunehmen, und bestimmen auch mit, wie du dich in ihr verhältst, zum Beispiel, was du häufig sagst und wie du am besten lernst.

Jeder Mensch hat ein oder zwei Lieblingskanäle:

- Ist **Sehen** dein Kanal No. 1, so ist es dir wichtig, wie die Dinge aussehen: Ein schlampig angezogener Lehrer ist bei dir sofort unten durch, Dekogegenstände, schöne Dinge ziehen dich magisch an, an Bilder kannst du dich gut erinnern. Andere sehen dich oft so: Kopf zurückgelehnt, Schultern hochgezogen, Atmung flach, Augen zusammengekniffen, Stimme nasal hoch, schnelles Sprechen und Gestikulieren in Kopfhöhe.
- Ist **Hören** dein bevorzugter Kanal, machst du bei Vorträgen manchmal die Augen zu, sprichst beim Lernen vor dich hin, Musik/Geräusche haben einen gehörigen Effekt auf dein Wohlgefühl. Andere bekommen im Gespräch Folgendes von dir mit: vorgelehnte Haltung, Kopf seitwärts geneigt, Schultern zurück, zusammengekniffene Augenbrauen, melodische Stimme, Berühren von Ohren, Mund und Hals …

- Ist **Fühlen** dein Lieblingskanal, hast du sicher keine hippen, aber kratzigen Shirts im Schrank (oder aber du ziehst sie nie an), du fasst gerne Dinge an. Am besten lernst du, indem du Dinge tust, dich ausprobierst. Andere erleben dich im Gespräch oft so: Kopf nach unten, Schultern hängend, tiefe Atmung, tiefe Stimme, langsames Sprechen und Gestik im Brust-Bauch-Bereich.
- **Riechen** und **Schmecken** werden – da als weniger relevant gesehen – oft unter Fühlen einsortiert. Formulierungen wie „Das stinkt zum Himmel" oder „Ich hab ein Näschen für gute Geschichten" oder „So ein Lob zergeht auf der Zunge" oder „Da muss ich mich durchbeißen" sind Hinweise auf diese Kanäle.

Was bringt das beim Lernen? Wenn du feststellst, Sehen ist dein Kanal: Visualisiere, sorge dafür, dass dein Lernstoff Bilder hat und ja, auch „schön ist" (unterschiedliche Farben, Skizzen, eingeklebte Fotos etc.). Ist es Hören, erzähle dir den Lernstoff, egal, ob am Schreibtisch oder in der Wanne, sprich beim Lernen laut mit, suche Lerngespräche (und lass das Bildermalen beim Lernen bleiben, denn das frustriert dich vielleicht …). Ist es Fühlen, schreibe Zusammenfassungen mit der Hand, stell dir vor, wie du dein Thema vorträgst, sorge für ein bequemes Umfeld (vielleicht lernst du auch lieber in der Jogginghose als in der engen Jeans) und übe so viel wie möglich praktisch.

Anti-Prüfungsstress-Maßnahmen

- Plane die Lernerei (was? Wann? Wie lange? Mit wem?)!
- Gründet eine WhatsApp-Lerngruppe, haltet euch auf dem Laufenden,
- Bereite dich langfristig vor – dein Gehirn kann sich kleine Häppchen besser merken als große Brocken.
- Lerne regelmäßig, aber mache auch regelmäßig Pausen, sonst wirst du ein Datenzombie.
- Schlafe gut, iss gut, dann machst du deine Sache gut.
- Bewege dich viel an der frischen Luft – tanke Sauerstoff für deine Gehirnzellen.
- Glaube an deine eigenen Fähigkeiten. Wer sonst, wenn nicht du?
- Löse Anspannung durch Entspannung mit deinen Lieblings-relax-Methoden.
- Deine persönliche Anti-Prüfungsstress-Maßnahme:

  ....

RAT UND TAT FÜRS REFERAT

Wenn du Zuhörer bei einem Referat bist, was fesselt dich als Zuhörerin? Ganz klar: ein überzeugender Vortrag! Was einen Vortrag überzeugend macht, ist, dass der Redner von etwas überzeugen will. Ein schlauer Mensch hat vor seeeehr langer Zeit gesagt: **„In dir muss brennen, was du in anderen entzünden willst."** Das heißt: Wenn du das Thema (noch) langweilig findest, kannst du nur einen schnarchigen Vortrag halten. Also: Tu was dafür, dass das Thema für dich spannend wird, dann hast du die halbe Miete (remember: den Frosch schönküssen!). Gute Vorbereitung ist alles! Und dabei geht es nicht nur um dein Auftreten, sondern vor allem um gut ausgearbeitete Inhalte. Wie du das hinbekommst, kannst du auf den folgenden Seiten lesen.

Was ist deine Botschaft?

Die üblicherweise vergebenen Referatstitel versprechen wenig Pepp und Spannung und sind oft sehr allgemein: „Erdölgewinnung", „Das Lehen im Mittelalter", „Jugendkriminalität". Jetzt sitzt du da und sollst was Schlaues texten, weißt aber nicht, was. Du hast schon einiges recherchiert und Berge von Material aufgetürmt. Was sollst du verwenden? Was fliegt raus? Diese Fragen kannst du nur beantworten, wenn du weißt, was du deinen Zuhörern mitgeben willst. Wovon willst du sie überzeugen? Ein ganz einfacher Test: **„Wenn du statt des Referats nur eine Zeile formulieren könntest, was würdest du schreiben?"**

Beispielsweise:

- Erdöl wird zukünftig eine immer knappere, teurere Ressource.
- Das Lehen im Mittelalter – die Geldmaschine für die Landbesitzer.
- Jugendliche werden aus den unterschiedlichsten Gründen kriminell.

Diese Botschaft muss dir klar sein, dann baut sich dein Referat von ganz allein auf. Weil diese Botschaft bei deinen Zuhörern Fragen aufwirft (warum? Wie das? Wieso gerade die?), die du im weiteren Verlauf deines Referats beantwortest, folgen sie gefesselt deinem Vortrag. Also: Bevor du in blindem Aktionismus einfach alles zusammenschreibst, überlege dir, wovon du deine Zuhörer überzeugen willst, und **denke an dein Referat in einer Zeile – das ist deine Kernbotschaft!**

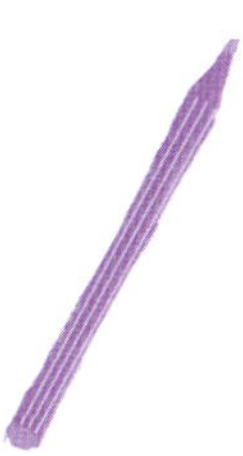

Struktur fängt im Kopf an

Ein Referat schreiben heißt vieles lesen, vieles zusammentragen und dann alles irgendwie in eine Struktur basteln. Zum Zusammentragen bietet sich zunächst mal ein sogenanntes **Brainstorming** an. Dabei schreibst du alles auf, was dir zu dem Thema einfällt – egal, ob du es erst mal verwendbar findest oder nicht, auswählen kannst du später. Du kannst deine Sammlung als Liste runterschreiben oder als Mindmap malen (siehe Lerntechniken, S. 122).

Stell dir vor, das Thema lautet „Jugendkriminalität: Diebstähle durch Jugendliche". Dir fallen vielleicht folgende Dinge ein: Armut, Mutprobe, cool sein, Langeweile, keine Abschreckung, keine Strafe unter 14, Phänomen der Städte, Jugendgangs, Wohnsitzlose, „Abziehen" (Prestigegüter, Handyklau) …

Bevor du jetzt weitermachst und einfach losschreibst („Jugendkriminalität ist ein Problem der Zeit" – gähn; „Politiker fordern Erwachsenenstrafrecht für Jugendtäter" – was war das Thema?), solltest du dir folgende Fragen beantworten:

- Wer sind meine Zuhörer?
- Was fragen die sich, wenn ich zum Thema „Jugendkriminalität – Diebstähle durch Jugendliche" spreche?
- Welche Antwort will ich geben?

Achtung: **Die Antwort muss deiner Kernbotschaft entsprechen!**

Jetzt heißt es, die Sammlung in eine Struktur bringen. Die Unternehmensberaterin Barbara Minto hat das Pyramidenprinzip entwickelt: Die Idee ist, deine Gedanken wie eine Pyramide aufzubauen: Die Spitze ist deine Kernbotschaft, darunter ordnest du Argumente wie „Pakete" an, die diese Botschaft unterstützen oder beschreiben (also die Fragen „Warum?" – „Wie das?" – „Inwiefern?" beantworten). Du hast als Antworten auf die Frage „Warum stehlen Jugendliche eigentlich?“ folgende Dinge herausgearbeitet:

- Jugendliche klauen aus Langeweile.
- Jugendliche klauen aus Protzgehabe.
- Jugendliche klauen aufgrund familiärer Vernachlässigung.
- Jugendliche klauen aufgrund der Auslegung des Jugendstrafrechts.

Packe deine Antworten in drei bis fünf solcher „Päckchen“, mehr kann sich keiner merken!

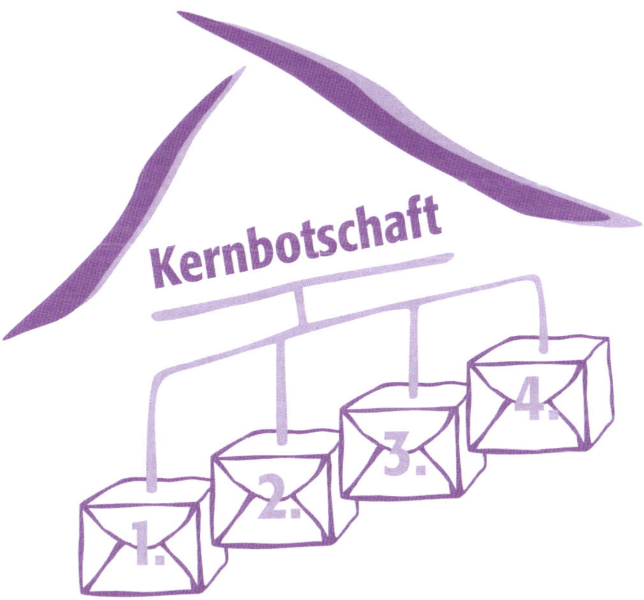

Stegreif-Referat

Eine Superübung, um nie mehr peinlich berührt dazustehen, wenn du aus heiterem Himmel aufgerufen wirst oder aufgefordert wirst, etwas zu sagen. Stegreif heißt es, wenn du ohne Vorbereitung etwas machst. Deine Freundin und du schreibt jeweils auf drei kleine Zettel einen Begriff, zum Beispiel Schokolade, neue Technologien, Bienen. Faltet eure drei Zettel jeweils zusammen und tauscht sie miteinander aus. Du fängst an, deine Freundin stoppt die Zeit: eine Minute. Lies den Begriff und halte nun einen Vortrag dazu. Dann wird getauscht. Ihr werdet merken, es ist gar nicht schwer, eine Minute über ein beliebiges Thema zu reden, wenn du zum Beispiel einen der folgenden Tricks anwendest:

- *Beginne mit einer öffnenden Frage ans Publikum (in diesem Fall deine Freundin): „Hmmm, Schokolade. Welche Sorte ist deine Lieblingssorte?" So hast du sofort das Publikum einbezogen und Zeit zum Nachdenken gewonnen.*

- *Nenne zunächst zwei bis drei Päckchen, die dein Vortrag umfasst: „Ich werde über neue Technologien sprechen, zunächst über die Nutzung in der Schule, dann über die private Nutzung …" – So hast du eine einfache Struktur im Kopf, an der du dich orientieren kannst.*

- *Leite über zu einem vertrauten Thema: „Bienen kenne ich nur vom Bienenstich. Bienenstich gibt es immer an meinem Geburtstag. Den nächsten Geburtstag werden ich übrigens so feiern: …"*

MOSKAU oder: Was soll in den Vortrag?
Eine kleine Auswahlhilfe (was kommt rein, was bleibt draußen …?) für deine Strukturierung:

Muss: Unbedingt rein, absolut wesentliche Info.
Oho!: Interessante Beispiele, Belege.
Sollte: Wichtig, z. B. Zahlen, Daten, Fakten.
Kann: Ganz interessant, wenn du Zeit hast.
Autsch: Unbedingt weglassen, stiehlt dir die Show, verwirrt, lenkt ab oder ist für die Zuhörer nicht passend.

Der erste Eindruck ist der wichtigste …
Was passiert, wenn ein Wecker klingelt? Genau, du bist wach! Dass deine Zuhörer wach und aufnahmebereit sind, ist die Voraussetzung, dass du sie überzeugst. Klar kannst du anfangen mit „Ich werde jetzt mein Referat über Jugendkriminalität halten". Musst du aber nicht, weil es langweilig ist und du es interessanter kannst, zum Beispiel indem du mit einem der folgenden Sätze beginnst:

- „Jede Minute wird in Deutschland ein Smartphone geklaut. Während meines Referats also zwanzig Stück. Habt ihr noch alle eures?" (Witz)
- „Ein Dieb ist jemand, der die Angewohnheit hat, Dinge zu finden, bevor andere Leute sie verlieren." (Zitat)
- „Wer von euch hat keine Angst, dass sein Smartphone geklaut wird?" (Rhetorische Frage, d. h., du erwartest keine wirkliche Antwort)

Egal, was du wählst, so ein Einstieg sorgt für 100 % Aufmerksamkeit.

Einziges Muss: nie länger als zwei, drei Sätze und für dein Publikum passend. Da dieser „Interessewecker" immer gut zu deinem Vortrag passen muss, suchst du ihn dir ganz am Ende deiner Vorbereitung aus.

Nach dem „Interessewecker" folgst du folgender Struktur: Erst sagst du einen Satz zur **Situation,** um deine Zuhörer abzuholen, wo sie stehen. Zu deiner Beschreibung der Situation muss dein Zuhörer unbedingt „Ja" sagen, sonst steigt er gleich am Anfang aus. Dann nennst du die sogenannte **Komplikation** – das, was den anderen nachts wach liegen lässt, warum es sich für ihn lohnt, deinen Vortrag zu hören. Danach erwähnst du die **Frage,** die sich aus beiden ergibt. Und dann nennst du deine **Antwort:**

Alles zusammen klingt im Fall des Referats zum Beispiel so: (Zeitungsausschnitte) „Vierzehnjähriger nimmt Dreizehnjährigem Portemonnaie und Smartphone ab; Zehnjährige steigen bandenmäßig in Wohnungen ein (Interessewecker). Fast täglich lesen wir in der Zeitung von Diebstählen durch Jugendliche und Kinder (Situation). Die Statistik sagt: Es werden nur 7,5 Prozent der deutschen Jugendlichen straffällig (Komplikation). Was bringt Jugendliche also dazu, Diebstähle zu begehen? (Frage) – Jugendlichen stehlen aus unterschiedlichsten Gründen!" (Antwort). Wetten, dass deine Zuhörer gespannt sind, die verschiedenen Gründe zu erfahren?

… und der letzte Eindruck bleibt

Zum Schluss heißt es, die wichtigsten Informationen zusammenzufassen, manchmal eine Aufforderung loszuwerden und sich anschließend zu verabschieden. Also nenne noch mal die „Päckchen" und deine Kernbotschaft. Im Beispiel deines Referats zur Jugendkriminalität kann das so klingen: Jugendkriminalität ist für die Presse ein gefundenes Fressen, denn sie ist offen sichtbar. Dagegen ist der Schaden durch Wirtschaftskriminelle viel größer. Es zeigt sich: Jugendliche stehlen aus unterschiedlichsten Gründen: aus Langeweile, aus Protzgehabe, aufgrund familiärer Vernachlässigung und wegen der Strafrechtsauslegung.

Du beendest deinen Vortrag am besten mit zwei Sätzen, die du gut auswendig gelernt hast. Du sagst beispielsweise: „Daraus sollten Politiker Investitionen in die folgenden Maßnahmen ableiten: 1. Jugendeinrichtungen und Ausbildungsförderung, 2. Aufbau des Selbstbewusstseins bereits in der Schule, 3. Unterstützung benachteiligter Familien, 4. Beschleunigung im Jugendstrafrecht!" Und präsentierst intelligente Lösungen: „In Augsburg gibt es ein Kriminalpädagogisches Schülergremium und Jugendliche erarbeiten im Gespräch mit jungen Straftätern Maßnahmen oder Sanktionen. Deren Rückfallquote ist geringer als sonst. Ein gutes Signal.
Vielen Dank."

Zum Ende noch ein Dankeschön oder ein Lob an die Zuhörer für das Interesse, die guten Fragen. **Aber bedanke dich nie für die Geduld – damit ziehst du deine Leistung total runter.** Und das hast du nicht nötig!

Fit für Vortrag oder Überzeugungsgespräch

Diese Struktur hilft dir, egal, ob du ein Referat hältst oder jemanden überzeugen möchtest, etwas zu tun. Zum Beispiel möchtest du …

- *… deine Eltern überzeugen, dass du auf das Konzert gehen darfst.*
- *… deinen Freund dazu bewegen, mit dir am Wochenende ins Kino zu gehen.*
- *… die Nachbarin bewegen, dich häufiger als Hundesitter anzufragen.*

Überlege dir mit deiner Freundin (denn zu zweit geht das viel leichter) je eine Antwort auf die folgenden Fragen:

Was ist dein Thema?

……………………………………………………………

Wer sind deine Zuhörer?

……………………………………………………………

Was fragen sie sich, wenn du mit dem Thema kommst?

……………………………………………………………

Welche Antwort willst du ihnen geben?

……………………………………………………………

Jetzt formulierst du die Elemente der Einleitung: Situation (Achtung: Zuhörer muss sie abnicken!):

……………………………………………………………

Komplikation (warum es sich lohnt, über die Situation zu reden, oder: was den anderen „nachts wach liegen lässt"):

……………………………………………………………

Frage (… die sich automatisch stellt!):

……………………………………………………………

Antwort (muss deiner Kernbotschaft entsprechen!):

. . . .

3 bis 5 Hauptargumente (Achtung, die müssen die Zuhörer überzeugen, nicht dich!):

. . . .

. . . .

. . . .

. . . .

. . . .

Beispielsweise für das Thema „Konzertbesuch" kann das so aussehen: Deine Eltern fragen sich: „Wird das gefährlich sein?" Deine Antwort ist: „Nein, das Konzert ist ganz sicher."
Wenn du vor deine Eltern trittst, sagst du: „In einem Monat findet das Konzert meiner Lieblingsband statt" (= Situation). „Ihr wisst sicher nicht, ob ihr mir erlauben sollt, dort hinzugehen" (= Komplikation). „Ihr fragt euch, ist es gefährlich oder ist es sicher dort?" (Frage) „Ich meine, der Konzertbesuch ist sehr sicher" (Antwort = Kernbotschaft). „Ihr fragt euch, warum? Erstens gehen wir in der Clique zu viert, zweitens nehmen wir Rangplätze ohne Getrampel. Drittens fahren uns Hannahs Eltern mit dem Minivan hin und holen uns auch wieder ab (= Argumente). Ihr seht, es ist super sicher. Bitte sagt ‚Ja' und lasst mich mitfahren." (Aufforderung) – Das klingt doch erwachsener als „Ooch bittebitte, alle anderen dürfen auch, immer macht ihr euch Sorgen, ich bin doch kein Baby mehr …" Wetten, dass deine Eltern das auch finden?

Hilfe bei Lampenfieber!
Jeder kennt es auf andere Weise: schweißnasse Hände, zitternde Stimme, flauer Magen, hektische Flecken … Lampenfieber schlägt zu. Obwohl du alles kannst. Obwohl du das Referat schon zweimal vor deiner Freundin gehalten hast. Obwohl du so gut vorbereitet bist.

Als Erstes solltest du wissen, dass die Aufregung ganz gut für deine Leistung ist. Deine Leistung ist nämlich am besten, wenn du mittelmäßig aufgeregt bist (man spricht dann auch von einem erhöhten Adrenalinspiegel – der macht dich wach, aufmerksam, schnell im Denken, aktiv). Also nimm deine Aufregung als etwas Positives an, als Hilfsmittel gegen einen möglicherweise zu glatten, abgespulten oder gelangweilten Auftritt.

Für die blöden Begleiterscheinungen der Aufregung beachten die Profis folgende Tipps:

- Zitternde Stimme: Atme tief in den Bauch und sage am Anfang etwas total Triviales („Gut, lasst uns anfangen …“).
  Ein bis zwei Sätze reichen schon, dann ist deine Stimme wieder deine.

- Verhaspler/Versprecher: Korrigiere dich ohne Entschuldigung und mache weiter. Ist dein Versprecher echt witzig und ist der Rahmen nicht zu formell, lache ruhig darüber (wer einmal erzählt hat, sein Hamster sei ein nacktaktives Tier, den kann nichts mehr schocken … :-)).

- Blackout/Denkblockade: Notizen anschauen, Kontakt zu den Zuhörern aufnehmen, öffnende Frage stellen („Was fragt ihr euch jetzt?“), letzten Punkt wiederholen – Blackout zur Not offenlegen („Wo war ich gerade? Helft mir mal bitte“).

- Schwitzefinger: Vor dem Referat kühlendes Wasser über Handgelenke/Nacken fließen lassen.

- Zitternde Hände: Tief in den Bauch atmen, etwas trinken, an etwas Tolles oder dein Mantra denken.

Stimmen-Atmen

Lege dich mit dem Rücken flach auf eine weiche Unterlage und lege beide Hände auf deinen Bauch. Spüre, wie er sich bei normaler Atmung hebt und senkt. Dann probiere verschiedene Atemtechniken aus: flaches Atmen, schnelles Hundehecheln, Luftanhalten – und tiefe, tiefe Atmung in den Bauch und laaangsames Ausatmen.

Präsentationstechniken für Seh-, Hör- und Fühlmenschen

Seh-Menschen lieben schicke Visualisierung, ansprechendes Layout, schöne Schriften, das kannst du in Programmen wie Powerpoint oder Prezi umsetzen.

- Ein Bild sagt mehr als 1 000 Worte – stell deine Inhalte in Grafiken dar, kopiere Fotos oder Cartoons ein.
- Plakate kannst du vorschreiben, nutze die richtigen dicken Stifte und achte auf Lesbarkeit. Die Tricks der Profis: Rahmen und Schriften aus dem Internet, Stichwort „handlettering".
- Nutze Tafel oder Whiteboard (zur Not ein leeres Din-A0-Plakat an der Wand), um Fragen aus dem Publikum festzuhalten oder spontan Ideen zu scribbeln.
- Wenn du einen auftreiben kannst, zeige einen kurzen Film oder Filmausschnitt – das wirkt!

Hör-Menschen hören sich gerne einen flüssigen Vortrag an und nehmen gerne was zum Lesen mit:

- Probe den Vortrag unbedingt ein- bis zweimal und lerne den Einstieg auswendig.

Spüre dabei jedes Mal mit deinen Händen der Bauchbewegung nach. Jetzt versuche beim Ausatmen, mit der Luft Töne zu erzeugen. Merkst du was: Flaches Atmen macht kleine Töne, die Töne aus der tiefen Atmung sind groß, lang und stark! Mit tiefer Atmung kannst du lange und ruhig reden, ohne außer Atem zu kommen. Deshalb ist es so wichtig für alle Stresssituationen!

- Lies kurz eine Geschichte oder einen Zeitungsartikel zum Einstieg vor.
- Hast du Musik, die dein Thema unterstreicht? Spiele ein thematisch passendes Lied an.
- Gib ein Thesenpapier oder weiterführende Artikel mit.
- Ein Handout (einfach Kopien deiner Präsentation) ermöglicht, das Gehörte noch mal nachzulesen.

Fühl-Menschen möchten am liebsten in angenehmer Atmosphäre etwas selbst tun:

- Fordere die Zuhörer auf, per Handzeichen anzuzeigen, wer sich z. B. schon mit dem Thema befasst hat.
- Plane 5 Minuten ein, in denen die Zuhörer vorab ihre Fragen nennen können.
- Baue kleine Übungen ein, z. B. „Tausche mit deinem Nachbarn fünf Minuten Pro und Kontra aus“.
- Anfassbares Material, ein Experiment ausprobieren machen Fühl-Menschen Spaß.

Dein Auftritt, bitte!

Jetzt weißt du schon eine Menge darüber, wie du ein Referat anfängst, strukturierst und beendest. Dann kommt der Moment näher, in dem du vor die Klasse treten sollst. Übe vor dem Spiegel oder noch besser mit deiner Freundin, dann kann sie dir gleich sagen, was du gut machst oder woran du noch feilen musst. Markiere dir in deinem Skript Sprechpausen oder Stellen, die besonders wichtig sind, damit du sie anders betonst. Sprich langsam und deutlich! Unterstreiche deine Rede ruhig mit Gesten oder lächle bei lustigen Stellen (remember: das ABC der Gesten). Und: Formuliere klare Aussagen und Ich-Botschaften. **Souverän ist es, wenn du dein Referat im Stehen hältst.** Erstens kannst du dann besser sprechen und zweitens hast du einen besseren Stand (remember: mit beiden Füßen auf dem Boden). Und verstecken musst du dich ja auch nicht.

Au Backe, Zwischenfragen!

„Wieso investiert die Industrie überhaupt noch in Erdölgewinnung, statt alternative Stoffe zu erforschen?" Oft kommt es vor, dass ein Schlaumeier zwischendurch eine Frage stellt – und dich damit gehörig aus dem Konzept bringen kann. Dem beugst du am besten schon am Anfang vor. Sage gleich, wie du mit Fragen umgehen möchtest, also „Bitte stellt eure Fragen sofort" oder „Mein Referat dauert fünfzehn Minuten. Bitte stellt eure Fragen, außer es ist etwas unklar, erst nachdem ich fertig bin".
Kommt eine Frage während deines Vortrags, dann mache erst mal eine kleine Pause (5 Sekunden …). Stell sicher, dass du die Frage richtig verstehst. Das kannst du am besten, indem du die Frage noch mal mit deinen Worten laut wiederholst („Deine Frage ist, warum statt in Erdöl nicht in die Erforschung alternativer Ressourcen investiert wird?"). Das ist eine Methode, mit der du drei Dinge erreichst:

1. Du stellst sicher, dass du nicht an der Frage vorbei antwortest.
2. Du sorgst dafür, dass die anderen Zuhörer auch wissen, worüber du gleich sprechen wirst.
3. Du verschaffst dir Zeit, dir zurechtzulegen, wie du mit der Frage umgehen willst.

Während du die Frage wiederholst, kannst du dich entscheiden, was du tun willst. Eine der folgenden Strategien ist bestimmt geeignet:

- Du gibst die Frage ins Publikum: „Eine interessante Frage. Was meint ihr dazu?“ (Gut, wenn du noch keinen blassen Schimmer hast.)
- Du beantwortest die Frage kurz und knapp, um dann weiter im Text fortzufahren (gut, wenn es eine recht einfache Frage ist).
- Du notierst die Frage (am besten sichtbar an der Tafel oder Whiteboard) oder bittest den Frager, die Frage aufzuschreiben, um sie im Anschluss an deinen Vortrag zu beantworten (gut, wenn es eine komplizierte Frage ist, die Zeit braucht oder zu der die Zuhörer unterschiedliche Meinungen haben) – aber: Versprochen ist versprochen – unbedingt am Ende die Frage ansprechen und klären.
- Du sagst offen, dass du das für diesen Vortrag nicht vorbereitet hast und bei Interesse nachreichen wirst („Darauf hab ich im Moment keine Antwort. Ich reiche die Antwort gerne in der nächsten Stunde nach.“) – die einzige Lösung, wenn du wirklich keine Antwort hast.

Absolutes No ist es, den Fragesteller zu bewerten oder runterzumachen („Was ist denn das für 'ne Frage?“ oder „Klar, dass *du so* eine doofe Frage stellen musst …“) Übe mit deiner Freundin solche Fragestopps, dann kannst du sie besser parieren und in deinen Vortrag einbauen.

ZIELBLÜTE 3

Wow. Harte Arbeit liegt hinter dir. Du hast viele Erkenntnisse über dich ausgegraben und zusammengetragen. Du kennst dich besser als je zuvor und bist gespannt auf das, was in deinem Leben noch kommt. Für den Alltagstrouble hast du jedenfalls einen gut gefüllten Koffer an Tipps und Tricks. Du bist fit, lass deine neuen Selbstbewusstseins-Muskeln spielen.

Sei stolz auf dich und denke an die wichtigsten Punkte:

1. Streiten ohne Zoff geht dann, wenn du für eine Lösung bereit bist. Es gibt mehr Lösungen, als du denkst!
2. Flirtfit bist du, wenn du mit dir und der Welt flirtest, dann flirtet die Welt zurück.
3. Die Königin der Zeit kennt ihre Zeitfresser und weiß: „Keine Zeit" kann eine Ausrede für andere Prioritäten sein.
4. Als Miss Moneymaker bist du deine eigene Finanzministerin. Nimm den Job ernst!
5. Lernen kannst du am besten, wenn du deinen Lernstil kennst.
6. Super Referate hältst du mit etwas Aufregung und viel Struktur: Denke dein Referat in einer Zeile, das ist deine Botschaft!

SCHMETTERLINGSZIEL ERREICHT – UND WEITER GEHT'S!

Herzlichen Glückwunsch, freu dich, hüpf herum, mache einen Salto, jubel vor Freude, na klar, warum denn nicht? Wenn du bis hierhin durchgehalten hast, kannst du mega-mega-stolz auf dich sein – selbst wenn du einige Übungen ausgelassen hast oder dir manches noch nichts gesagt hat. Von Etappenziel zu Etappenziel wirst du vieles mitgenommen haben, schreibe es dir doch noch mal auf, in Schönschrift, für deinen Timer, deine Gute-Laune-Box oder hänge dir einen Zettel über deinen Schreibtisch. Vielleicht wirst du auch einige Stellen noch einmal nachlesen oder deiner Freundin von deinen neuen Erfahrungen berichten wollen. Oder du legst dieses Buch jetzt weg, erinnerst dich aber in zwei Jahren wieder daran, dass du hier viele praktische Tipps finden kannst, wenn es um die anstehende Berufswahl geht, wenn du vor dem Abi mit der Zeit nicht klarkommst, wenn dein Geld wie vom Erdboden verschluckt ist. Oder du schaust im Kapitel „Ich" nach, wenn die Zeichen mal wieder auf Alles-ist-doof stehen …

Was auch immer du tust, bleibe nie stehen, gehe weiter, probiere aus, aber bleibe am Ball. Egal, ob es um Klamotten, Geldanlagen oder knifflige Referatsthemen geht, es kommt immer darauf an, was du draus machst! Also dann: viel Glück bei all dem, was du in diesem Leben noch so vorhast. Du bist stark und selbstbewusst. Es wird dir gelingen! Deine Schmetterlingsflügel werden dich tragen …

Christina Arras & Ilona Einwohlt im März 2018

Ilona Einwohlt

Wild & Wunderbar

Zwei Freundinnen gegen den Rest der Welt

Als Shark alias Sophie Hyazinth Amanda Ricarda Kornelius in der Wohnung unter ihr einzieht, steht Linns Welt Kopf. Denn die Neue sieht obercool aus mit ihren bunten Leggings und der karierten Haarsträhne und ist nie um einen frechen Spruch verlegen. Schon immer hat Linn sich eine Freundin gewünscht, die so selbstbewusst ist wie Shark. Nur wie soll sie es anstellen, dass die beiden Freundinnen werden? Sie, die schüchterne Linn, die täglich von der Mobbing-Clique drangsaliert wird? Doch Linn weiß noch nicht, dass auch Shark ganz dringend eine echte Freundin braucht …

Arena

240 Seiten • Gebunden
ISBN 978-3-401-60430-5
www.arena-verlag.de

Ilona Einwohlt

Nonstop online?

Grenzenlos digital unterwegs

Jenny ist reich, hochbegabt und todunglücklich, denn das Leben als Tochter aus gutem Hause kann ganz schön schwer sein. Freunde haben da keinen Platz. Jennys letzte Rettung ist der Chatroom, nur hier fühlt sie sich frei. Bis eine böse Überraschung im Netz auf sie wartet. Als sie langsam aus der digitalen Welt wieder auftaucht, ist es fast zu spät.

Arena

Auch als E-Book erhältlich

176 Seiten • Klappenbroschur
ISBN 978-3-401-50847-4
www.arena-verlag.de

Ilona Einwohlt

Meine Clique und ich

Sina möchte unbedingt dazugehören zu der Clique der Edlen. Und sie ist so stolz darauf, dass Xenja, Maximiliane und Katharina-Sophie sie als neues Mitglied auserkoren haben. Aber muss sie auch um jeden Preis Designerklamotten tragen? Vorglühen, bevor es auf eine Party geht? Und was für bunte Pillen soll sie da nehmen? Sinas anfängliche Begeisterung für die Clique schlägt bald in Ratlosigkeit um.

Die Welt und ich

Ein Schüleraustausch? Klar, Sina ist dabei! Sie muss doch ihr Spanisch verbessern – und ausprobieren, wie woanders gelebt, gefeiert und geküsst wird. Aber: Was, wenn die Gastfamilie ätzend ist? Sie das Essen nicht mag oder Heimweh bekommt? Sina will vorbereitet sein. Und so beginnt sie mit Checklisten und vielen guten Tipps eine Reise zu planen, die sie so schnell nicht wieder vergessen wird ...

256 Seiten • Arena Taschenbuch
ISBN 978-3-401-50447-6
Beide Bände auch als E-Book erhältlich

192 Seiten • Arena Taschenbuch
ISBN 978-3-401-50450-6
www.arena-verlag.de

Ilona EInwohlt

Erdbeersommer

978-3-401-60256-1

Erdbeersommer

Erdbeerwettessen mit Kumpel Finn, Tagträumen mit ihrer besten Freundin Mareike und lange Ausritte auf dem geliebten Schimmel Hauke - Liv freut sich riesig auf die Ferien an der Nordsee! Auf dem Pferdehof ihrer Tante kann der Sommer nur perfekt werden. Als sie dann auch noch Jan kennenlernt, schlägt nicht nur ihr Pferdeherz höher. Doch Jan scheint ein Geheimnis zu haben, über das niemand im Ort reden will ...

978-3-401-60257-8

Unterm Sternenhimmel

Der Sommer beginnt mit einer Katastrophe: Eine schwere Sturmflut wütet an der Nordsee und stürzt Livs Ferienparadies ins Chaos. Der Friesenhof ist zerstört und Onkel Piet beschließt in seiner finanziellen Not, Livs geliebtes Pferd Hauke zu verkaufen. Unfassbar! Kurzerhand entführt sie ihren Schimmel und haut von zu Hause ab – zusammen mit Kumpel Finn. Zu zweit starten sie in ein unvergessliches Sommerabenteuer.

978-3-401-60315-5

Galopp in die Freiheit

Nach einem schweren Unfall ist Hauke völlig verstört und Liv erkennt ihren geliebten Schimmelhengst kaum wieder. Nur den feinfühligen Torge lässt er noch an sich ran. Liv hat das Gefühl, dass der junge Tiermedizin-Student nicht nur ihr Pferd, sondern auch sie selbst besonders gut versteht. In ihrer Sorge um Hauke kommen sich die beiden näher. Doch Torge trägt ein Geheimnis in sich, das sich wie ein dunkler Schatten über Livs Herz und den Friesenhof legt. Wird sie sich davon befreien können?

Arena

Alle Bücher auch als E-Book erhältlich

Jeder Band:
Gebunden
www.arena-verlag.de